フーテン！
破天荒!!
素っ頓狂!!!

水野信義
MIZUNO Nobuyoshi

文芸社

観自在菩薩
深般若波羅蜜多を行ずる時
五蘊《ごうん》皆空なりと照見して
一切の苦厄を度し賜う

まえがき

高校の卒業アルバムに一言載せるスペースがあった。私は、高村光太郎の詩を載せた。

ぼくの前に道はない
ぼくのうしろに道はできる
ああ、自然よ、父よ
ぼくをひとり立ちさせた広大な父よ
ぼくから目を離さないで守ることをせよ
常に父の気迫をぼくに満たせよ
この遠い道程のため
この遠い道程のため

いま思えば、当時すでに真っ当な道（？）は進まないと感じていたのかもしれない。
農業後継者の学校で、私のコースの学生から、「幼稚園から高校までいろんな先生に出会ったけど、水野先生みたいのは初めてだ」と言われた。また、農家の男と、葉山でゲンジボタルの幼虫のエサカワニナを、捕るか捕らせないかで言い合いになり、話しているうち、「お前さんと話して十年もうかった」と言われた。

いずれも、普通ではないということだ。これからも、私は、私の道を歩むしかないと思う。

購入していただき、心より感謝いたします。

もくじ

イラスト　水野　信義

はるの章

わたし

◆その一

おひかえなすって、手前生国と発しますは、尾張の国葉栗《はぐり》郡浅井村でございます。幼少より「神童」をうたわれ、オヤジと銭湯に行きし折、誰も教えないのに寒暖計の数字を合計し、オヤジ大いに悦びしが、寝ぼけて二階より階段を転げ落ち、頭したたかに打ち「天才」に成り下がり、長じては兄貴たちより「フーテン」呼ばわりされ、喜寿にてフーテン語録を発し、さらにかっぱえびせん並みに、「やめられない、とまらない」で今回、「フーテン！　破天荒!!　素っ頓狂!!!」を発するに至りしこと、ひとえに皆々様の温かい励ましと、鞭撻の賜物と感謝申し上げます。

◆その二

私が最も苦手な人は、冗談の分からない人だ。こちらは冗談のつもりだが、本気で食ってかかられると、途方に暮れて対処に困ってしまう。

誰にもはっきり冗談と分かるような話では、さすがに食ってかかられることはない。会話の中での醍醐味は、嘘か真実か分からない話だと思う。嘘のようで真実、真実のようで嘘の話だ。

また、真面目のようで冗談、冗談のようで真面目、これも同じでそこが面白い。真面目のようで冗談のケースでは、とかく噛みつかれることもある。

本文の中にも、「玄妙」な話があります。そこが私の真骨頂（?）かなと思う。

次に苦手なのは「美人」だ。美人の前に出ると、おどおどして言葉が出てこない。特にコロナ禍以降、インフルエンザ、花粉の影響もあり、街中マスク姿の女性ばかり。マスクをすると、誰でも美人に見え、おどおどしっぱなしです。これは、人は行ったことのない所には素晴らしい景色が、見えないところにはなにか美しいものがあるに違いないと期待しているためと思う。実は、このことが生きていく源泉のひとつといえる。

◆追加
これで後はなしと言うと、これも入れてくれときて困る。

潮干狩りで海に行ったらおばさん二人が、マテガイを採っていた。場所も悪いし、探し方も下手なので、私についてきなさいと、ポイントまで連れていき、採り方を教えた。マテガイは穴に塩を入れ、驚いて首を出したところを、間髪を入れず摑む。おばさんは、おっかなびっくりで摑もうとするので、タイミングが合わず、穴に引っ込んで採れないことが多い。

「そんなことではだめだ、**なめんなよ！**　と言って採りなさい」

「分かりました。なめんなよ」

「そんな声ではだめだ、ドスを利かせて、**なめんなよ！**　と言わねばだめだ、これは自分に喝を入れているのだ」

と言ったら、おばさん曰く、

「あんた、吉本からデビューしたら」

◆最近のわたし
パチンコ代なきまま、ひぐらしパソコンに向かひて、心に移り行くよしなし事を、打ち続ければ、怪しうこそものぐるほしけれ……。

父と母

父は横須賀の生まれで、家は製造販売のパン屋「逸見《へみ》ベーカリー」だった。弁護士にあこがれていたが、関東大震災の影響などもあり、パン屋に丁稚奉公に行った。戻った後は家業を手伝った。

母は静岡県清水市（現在は静岡市清水区）の生まれで、実家は村長を務めたこともある名家だった。しかし、どこにもよくある話だが、腹違いの兄が、なんだかんだの事業に畑を売っては金をつぎ込み、すべて失敗し結局家屋敷も売る羽目になった。

その後大阪に移り住んでデパートの店員をしていた。私の父の姉と母の兄が結婚した縁で、父と母は結婚した。母は娘の頃、身体が弱くて運動会も見ていたが、「水野さんに来て丈夫になった」と言っていた。上に男三人そして女一人の四人の子持ちとなった。

父は青年時代、四十五キロしか体重がなく、兵隊検査は不合格だった。しかし、戦争が長引いたので、父にも召集令状がきて兵隊にとられた。

入隊の日、一列に並んで、

「ここまでは戦艦長門《ながと》、ここまではなんとか島……」という具合に配属を決めたそうだ。父は並ぶ前に尿意を催して、トイレに行ったので、列の最後についた。すると最後の何人かは半端になってしまい、

「お前たちはとりあえず横須賀市追浜《おっぱま》の守備隊に行け」となった。

追浜では高射砲で敵機撃墜の訓練をしていたが、敵機が来ると一目散に防空壕に逃げ込んだ。父は普段は無口だが、酔うとよくこの話をした。当然無事に除隊となった。

横須賀は軍港なので、当然空襲があるだろうとのことで、母と二人の兄は愛知県に疎開し、私はその疎開先で生まれた。

そこは、スイカ畑の広がる農村だったが、米軍の空襲を受けスイカ畑のワラが真っ赤に燃える中を、母は私を負ぶって逃げ回ったそうだ。空襲を受けず戦前のままの横須賀に戻った母は、再びパン屋の忙しい日常に戻った。

二つの小学校の給食用のパン、高校の購買部での販売、四、五軒の卸《おろし》と多忙だった。特に小学校のパンは休むわけにいかず、きつかった。

その頃は、住み込みの職人が五、六人に、通いの職人もいた。朝番、夜番の二交代で回していたが、通いの職人がよく休み、そのつど母が寝ないで代わりを務めた。下手すると、次の日もまた休みということもあり、そうなるとまた母が代わりで働いた。四十八時間ぶっ続けだ。また、朝、仕事前に売れ残りのパンを箱に詰め、周りの山に出かけ、階段を

上り下りして二つ十五円（普通は一つ十円）で売った。

母は子供たちには学問をつけ、大学まで行けるようにと頑張った。そのため生活は余裕などなく、郵便局の小口融資も利用した。借金して子供に投資すれば、借金取りは子供まではとれない。子供の大学進学・卒業は、私が死なない限り諦めないの決意だった。

子供に着せる服も、少しでも安く済むように生地を買ってきて自分で作った。

ある時、転んで膝を強打した。痛くてしょうがないが、休むわけにはいかないので、そのまま仕事を続けた。仕事がひと段落して、医者に行ったら、

「膝の皿が割れて、くっついている。原始人みたいな人だ」と言われた。

このほかにも、疲れから帯状疱疹《たいじょうほうしん》にかかり、背中から膿《うみ》が吹き出たり、ひどい肩こりにも悩まされた。

暮れは特に忙しかった。十二月の二十日頃から、パン製造の合間にクリスマスケーキを作り、二十六日から「ちん餅」が始まる。ちん餅とは、もち米を預かって、餅にして返して手間賃をもらうシステムで、当時はほとんどの家でその方法で正月用の餅を得ていた。

多いときは一日で十二俵（一俵六十キロ、合計七二〇キロ）のコメをついた。半月形の刃が杵《きね》を持ち上げて落とすやり方で、臼の前の人が手返しをした。朝四時起きで休憩なし、手が止まるのは昼出前のソバを食べるときだけだ。夜は次の日の準備・コメとぎで、寝るのは十時過ぎだ。

二十八日から三十日まで餅をつくが、二十九日は「九（苦）モチ」と言って嫌われ、三十一日は「一夜モチ」と言って嫌われた。そのため大掃除、正月の料理は三十一日にした。三が日は両親とも和服でゆっくり休んだ。二日、三日は朝湯に行った。朝湯は、いかにも正月という感で、気持ちよかった。懐かしいメリハリのある昭和の風景だ。

そんな暮らしも、長男が卒業・就職、次男が卒業・就職とだんだん楽になった。学校給食をやめ、卸もやめ、職人もいなくなり、店売りだけの穏やかな日々を送るようになった。

父は、私が結婚した年の冬、風邪をこじらせ、夏になっても調子が戻らず、食欲不振で口当たりの良いアイスばかりしか食べないので、痩せて、はたから見ても容易ならざる状態となった。病院に行くべきと母が言っても、行かなかった。

「俺の命は寛ちゃん（父の小学校の同級生の医者）に預けてある」が口癖だったが、その寛ちゃんが先に逝ってしまった。根っからの職人だった父は、

「職人は死ぬ前の日まで働くものだ」とも言っていた。

どうにもならなくなって、やっと入院したが、入院当日に重体と言われた。そして二週間後、母にひげを剃《そ》ってもらい「ああ気持ちがいい」と言った直後、急性心不全で亡くなった。享年六十三歳だった。

父が亡くなると、母はパン屋の機械・道具は見たくもないと、すべて同業者にやってしまった。母はやっと自由な時間が持てるようになり、娘時代の友人との旅行、長男のいる

クリスマスケーキ作り

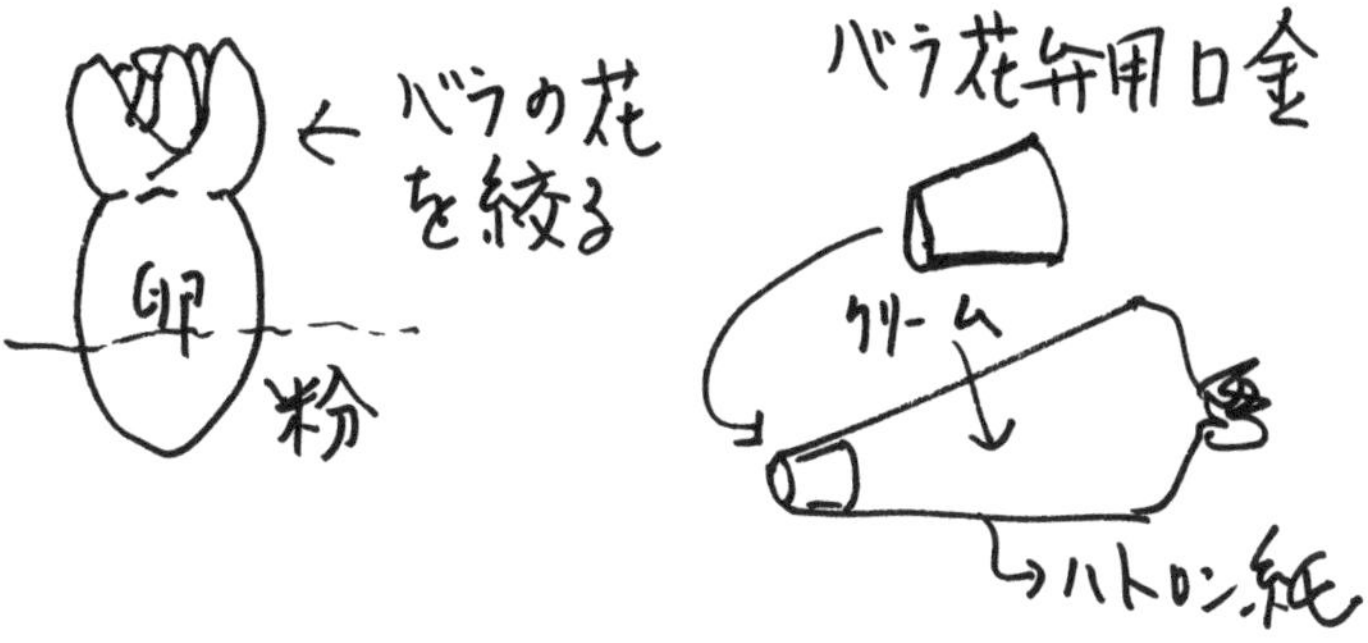

昔のモチつき機

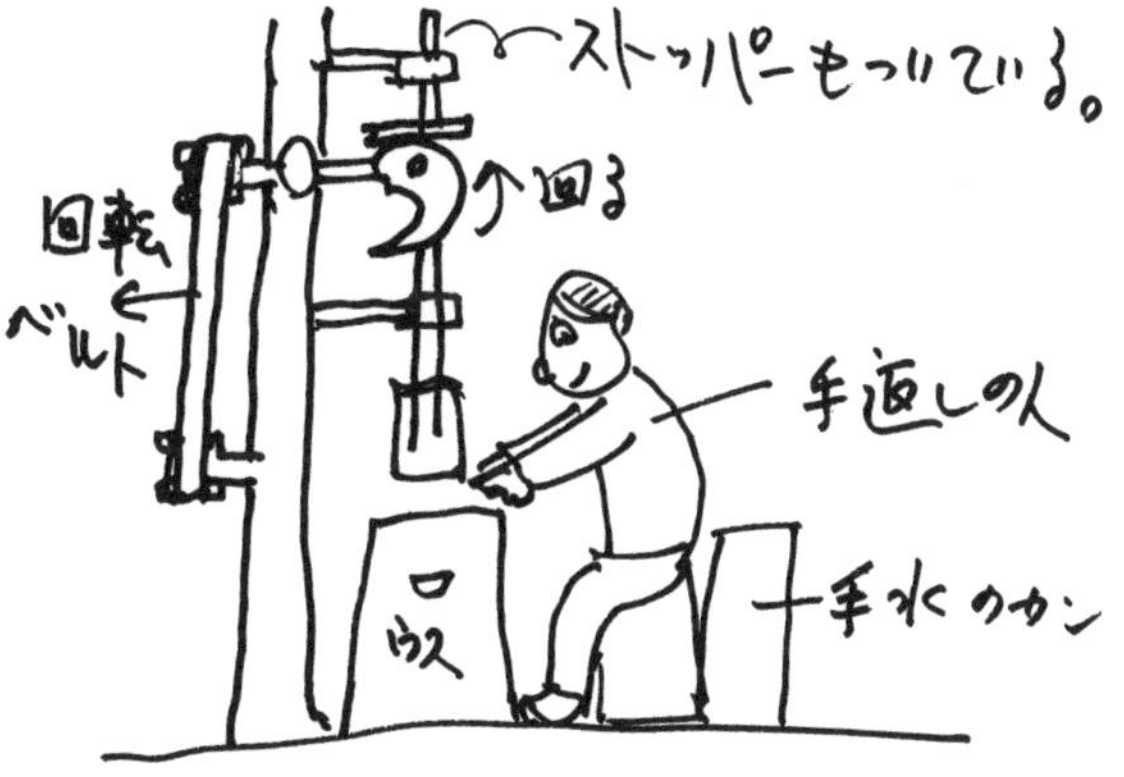

ドイツ、イタリアへの旅行、鎌倉彫……とやっと充実した日々を過ごせるようになった。

ひ孫も増えた九十七歳の冬、デイサービスに行こうと下りてきて、食卓にあったかじりかけのあんぱんをがぶりとやった。前の晩、あんぱんを一口食べた人がノロウイルスにかかっていたので、それは食べてはだめと言ったが、遅かった。

案の定、母はノロウイルス感染症にかかり、下痢、吐き気で「もう死にたい」などと言う始末だった。なんとか回復しないかと、正月までがんばれとか励まし、看病したが、徐々に衰え寝たきりの状態になった。

闘病二か月、たまたま早く来たかかりつけの医師、見舞いに来た娘、ひ孫たちに囲まれて、眠るように父の許《もと》に旅立った。頭は最後までしっかりしていた。

哲人A

私が農業試験場に就職した時、二年先輩に「A」さんがいた。Aさん曰く、

「水野、公務員は刑事事件さえ起こさなければ、首にはならないぞ」

彼はそのことを実践した。まず驚いたのは、作業着の汚さだった。二年間洗濯をしていないのだ。汗をかいてほこりがつき、雨で濡《ぬ》れてはほこりがつき、カビが生えては乾き、生地がボッタと厚くなっており、いろんな模様をなしていた。だが、そんなことはまるで気にしなかった。また、いつも長靴をはいていた。たまたま水が入ったりしていても、そのままぐちゃぐちゃ言わせていた。

出勤簿は毎朝ハンを押すことになっていたが、下手すると一か月もハンを押さなかった。所長が「Aくん、ハンを押さなきゃだめじゃないか」と言うと、ここが彼のしたたかさで、「はい、押します」と答える。そうなると所長は「やっておけよ」で終わりだ。Aさんは「忙しいから」とか決して反論しないのだ。そして出勤簿には相変わらずハンを押さない。

頭にきた所長が再度呼び出して、ハンを押すように命令すると、「はい、すぐにやりま

す」と答え、またほったらかしだ。さすがに所長は、見ている前でハンを押せとなる。すると彼は、休んだ日もすべてハンを押してしまう。休暇届を出していないので、いつ休んだか分からないのだ。また、所長がいないと、いつの間にかいなくなってしまう。もちろん早退届は出さない。

仕事もいい加減だった。サトイモの灌水《かんすい》（水をかけること）試験を担当した時、試験区の大きさがまちまちで、とても比較できないが、これも気にしない。

彼は税理士の資格を取りたがっており、参考書を懐に、外からは見えないサトイモ畑の真ん中にいるのが常だった。私はそのことを知っていたので、わざと遠くから呼んだ。結局税理士免許は取れなかった。

職場にはさらに先輩の研究員がいた。三人で一緒に食堂で食事をした際、Aさんが醤《しょう》油《ゆ》をテーブルにこぼした。するとAさんは、先輩研究員の帽子で拭いた。

いつも前かがみでつっかかるように歩く、あくの強い先輩研究員がキッと睨んだが、Aさん曰く「気にしない、気にしない」。

先輩研究員は「お前じゃ文句も言えねえ」と顔をしかめて言うだけだった。

彼の車に同乗する機会があり、乗ると車の床はゴミだらけだった。なんの包装紙でも、皆床に放ってあるのだ。最初の話どおり、刑事事件も起こさず無事定年を迎え、退職金をもらって退職した。

もう四、五十年前の話だが、皆さんは「けしからん!! 税金泥棒!! 即刻首だ!!」と言われると思う。しかし私は、どうせ彼は一万人に一人の人だ、大目に見て良いのではないかと思う。あまり、ぎすぎすした世の中は、変なところでしっぺ返しを食らうことになりそう。

彼は「哲人A」だ。

カエル

私にとって春の訪れは、アカガエルの産卵だ。早い年は一月中旬にまとまった雨が降ると、冬眠場所からまずオスが水辺に来て、メスが来るのを待っている。オスは夜にはひよこのような声で鳴く。産卵の最盛期は二月で、遅いのは三月になる。

三月にはガマガエル（ヒキガエル）が産卵する。ガマガエルは場所によっては何十匹と集まり、オスはメスを早くつかまえようと、くんずほぐれつ暴れまわり、やがてメスは長い紐状の卵を産む。シュレーゲルアオガエルの産卵は四月が最盛期で、土の中に、白い泡の塊の中に黄色の卵を産む。

アカガエルやガマガエルの卵は、上面が黒で下面が白い。これは黒いと温まりやすく育ちが良いためだ。また下面が白いのは、下から見上げたとき目立たないので食害されにくいからだ。これは魚の色も同様だ。

アカガエルやシュレーゲルアオガエルは、肢《てあし》が早く生えた者から順繰りにばらばらに上陸するが、ヒキガエルはごく小さい頃手足が生え、一斉に真っ黒な列をなして歩きながら山を目指す。

横須賀の観音崎公園で公園管理員をしている時、池に二、三平方メートルの真っ黒なガマガエルのおたまじゃくしの塊があり、上陸の時は一斉に上陸し、その黒い帯は見事で、次の日には池には全くいなくて驚いたものだ。ガマガエルはオタマジャクシが集団で育つので、そこにはジモグリやヤマカガシなどの蛇がいて、オタマジャクシを食べていた。

子供の頃、山を越えた所にある小さな川、田んぼでよく遊んだ。そこにはアカガエル、シュレーゲルアオガエル、イボガエル（ツチガエル）、ガマガエルがおり、イボガエルは、その後いなくなった。このほか、足を延ばせばウシガエル（食用ガエル）、トノサマガエル、アマガエルがいた。

トノサマガエルは平塚の農業試験場の側溝にうじゃうじゃいたが、やはり全くいなくなった。イボガエルやトノサマガエルがいなくなった理由は分からないが、当時問題になっていた酸性雨のせいかなと思う。

農業試験場時代、田植えが終わると「さなぼり」というお祝いが行われた。ささやかな肴《さかな》で軽く酒を酌み交わす程度だが、一体感を育む効果があった。

あるさなぼりの時、現場の職員に、自宅の周りの田んぼにウシガエルを捕りに行こうと誘われ、捕りに行った。その夜はカーバイドを使ったアセチレンの明かりで探すのだが、田んぼの畔《あぜ》を歩くと、田んぼ中にいたウシガエルが人の気配を察して、水中に姿を隠す。ちなみに懐中電灯の明かりの方が明るいが、水面で反射してかえって水の中はよく見えない。その時「プク」という音がし、その音のした辺りを探すとウシガエルが水の中に見えるので捕まえるのだが、腰の細い所を摑まないと、ウシガエルは力持ちなので逃げられる。

さなぼりの当日ウシガエルを調理したが、皮をはいで内臓を全部取り除いてもしばらくは歩いていた。醬油とみりんをつけて焼いた。ほかの人は「おいしい」と食べたが、私は調理した際の「ぬまくさい」においが鼻について食べられなかった。このにおいはウナギにもある。

ある年、御殿場線谷峨《やが》駅近くの沢にヤマメ釣りに行った。その際、上流で竿を納めての帰り道、ふと道端を見るとガマガエルが二匹おり、片方は勝ち誇ったようにふんぞり返り、片方は仰向けに横たわり皮も破れて息も絶え絶えだった。状況から激しい喧嘩の果ての結果に見えた。ガマガエルがそんな激しい喧嘩をするのかと驚いた。

また、先の戦争の際に兄貴が愛知県に疎開した時、家の前に小さな池があり、ウシガエルを釣ったという話を聞いた。竹竿に糸を結んで、イナゴを先に付け、「親の乳よりうまいもんだにグッと飲め、グッと飲め」と歌いながら釣ったそうだ。私も農業試験場時代、側溝のトノサマガエルを釣った。糸の先にごみを付けて、トノサマガエルの鼻先でひらひらさせると面白いように釣れた。

田んぼ周りでのシュレーゲルアオガエルのやかましい合唱や、夏の夕立前、ヤツデの葉の上でのアマガエルのケロケロは、日本の原風景と思う。

トウキョウサンショウウオ

トウキョウサンショウウオは、神奈川県では横須賀市中北部、葉山、逗子の川の最上流部に生息している。このほか、房総半島にも生息している。

三浦半島では、三浦市にはいないし、鎌倉市にもいない。私が思うに、重粘土地帯に棲息して、火山灰土地帯の三浦、鎌倉にはいないということだと思う。房総半島も重粘土地帯なのだと思う。

さらに面白いことに、トウキョウサンショウウオの棲息地帯のクワガタムシはミヤマクワガタ、そしてニリンソウがはえ、トウキョウサンショウウオがいない地帯はノコギリクワガタで、ニリンソウも見られない。これは、火山灰が降る前は一帯にいたものが、火山灰が積もったため生物相が変わったのだと思う。

昔、園芸試験場の花き科長をしていた頃、「立ち毛の審査」といって、畑の生育状態で良し悪しを比較する品評会があった。三浦では春の切り花の審査があり、菜の花、ストックなどの畑を見てまわった。ある時、かなり上の方の畑の審査に行ったところ、ほとんど水など流れるのがまれなほどの上流に、トウキョウサンショウウオの卵嚢《らんのう》があった。

トウキョウサンショウウオは、十二センチくらいの親が三～四月、流れの中の木の枝などに、バナナを丸くしたような形の一対の卵塊を産む。幼生は外鰓《がいさい》（えら）が出ている状態で大きくなり、手足がしっかりした六月頃から上陸し、林床の落ち葉に隠れながら生活する。つまり、冬とか夏は水が涸《か》れても平気なわけで、かなりの上流部でも棲息可能なのだ。

私の家から峠を越えた辺りに、下山川《しもやまがわ》の最上流部がある。子供の頃は田んぼ、畑もたくさんあり、ドジョウ、ヌマエビ、ザリガニなどを採りに行った。トウキョウサンショウウオがいることは知っていたし、どれがトウキョウサンショウウオの幼生かも分かっていたが採る気はしなかった。現在高速道路が走っており、田も畑もなくなった。川は三面張り（底と両岸がコンクリートで固められ、一メートルほどの段差がある構造）になり、ドジョウ、ヌマエビの生息域は大幅に減少した。ただ下水道の整備とともに、ヌマエビは復活し、テナガエビも見られるようになった。トウキョウサンショウウオは、減少したが、ほどほどはいる。

二十年くらい前、一帯の開発計画が持ち上がった。そこは、三浦半島ではトウキョウサンショウウオの一大棲息地なので、私は反対運動を起こし、開発業者とトウキョウサンショウウオの保護について話し合った。

トウキョウサンショウウオは、幼生が育つ渓流と親が住む森が必要だが、開発計画では森の保全が十分ではなく、激減が予想されたが現在まで開発は頓挫《とんざ》している。トウキョウサンショウウオの保護のためではなく、採算が取れないためだ。状況の変化で開発が始まれば、周りの森林は大打撃を受け、親サンショウウオは住む場所を失い絶滅しかねない。

また、以前は考えられなかったイノシシの大暴れが心配だ。ジメジメした所で、泥をぐちゃぐちゃに掘り起こしてしまい、トウキョウサンショウウオの棲息地にも被害が及んでいる。葉山でイノシシを放してしまい、それが増えたようだが無責任な話だ。

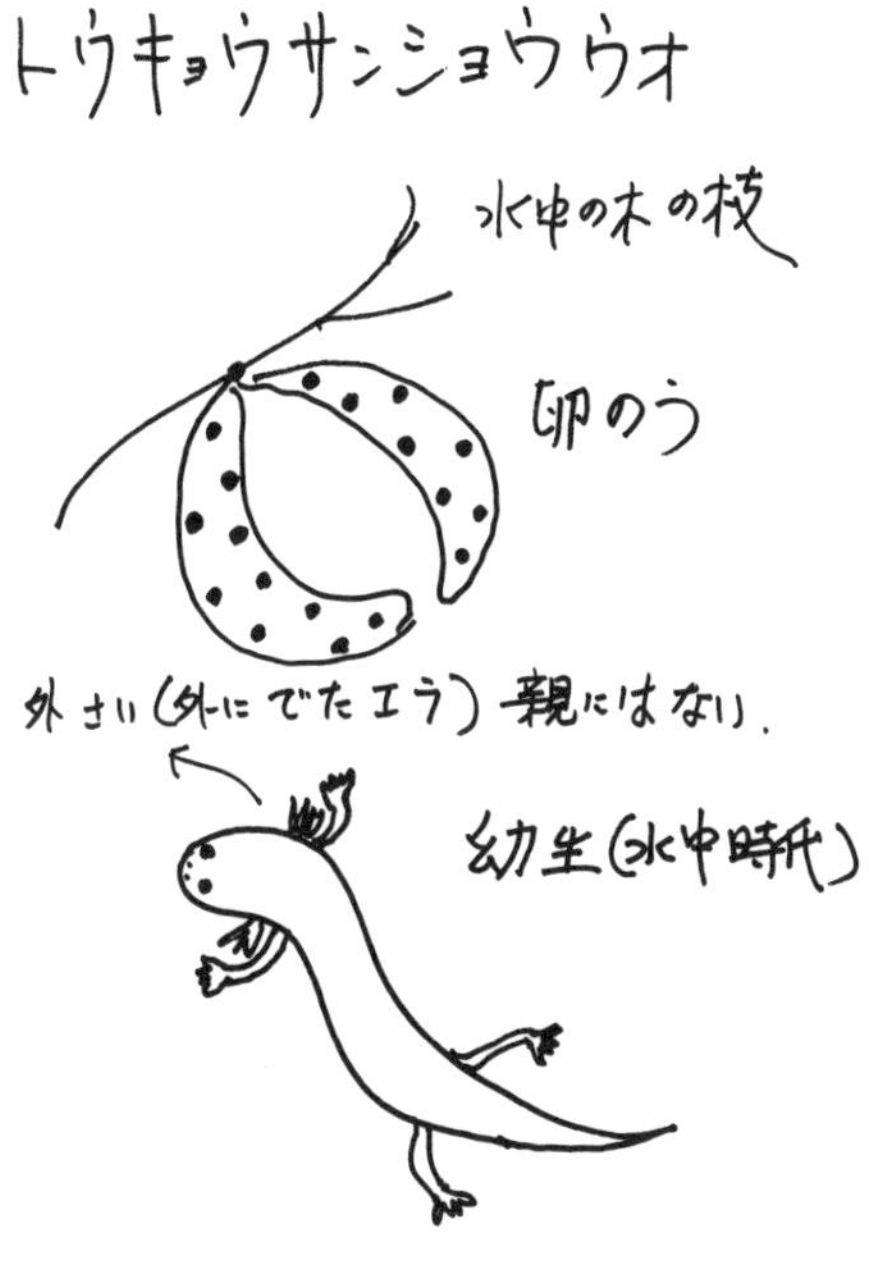

潮干狩り

小学校時代、横須賀の馬堀《まぼり》海岸には夏になると海の家が立ち並び、海水浴の親子連れで賑わった。私は馬堀海岸駅で降りて、走水《はしりみず》海岸（伊勢町《いせまち》）まで歩いていき、磯で遊ぶのが好きだった。焚火をして海で採ったイシガニ、アサリ、タコガイなどの貝、モリで突いた魚などを焼いて食べて遊んだ。

身近で目に入る貝は、アサリ、ウチムラサキ（タコガイ）、カキ、マテガイ、アオヤギ（バカガイ）、ヒオウギガイ、トコブシ、サザエ、タマ、オニアサリなどがある。アサリは砂浜から岩場の砂の部分に広く棲息しており、最もなじみがある。横須賀市の場合、猿島の岩場、伊勢町から観音崎公園にかけてよい場所が散在しており、以前は子供連れや主婦、そして主にリタイヤした男たちで賑わった。

今は少しでもアサリを採ると、警察や海上保安庁に捕まり罰金となる。石の間を掘るケースが多く、一日採って一キログラムがせいぜいだし、漁師が気合を入れて掘るなんて見たこともない。有料潮干狩場は当然のこと禁止でよいが、その他の場所は自由にアサリを採れるようにしてよいと思う。自然のなかで金を使わず楽しむことは、子供たちにとって、どんなに貴重な体験になるかと思うのだ。しょうがないので、今は自由に採れる金沢八景の野島《のじま》周辺で潮干狩りを楽しんでいる。

アサリの潮干狩りの時期は、春になって昼の引き潮が大きくなる頃、ちょうどゴールデンウィークにもあたるので、テレビなどで盛んに報道されるが、一番おいしいのは九月頃だ。夏の海にわいた豊富なプランクトンを食べて、身が大きくなっており、おいしい。潮は引かなくなっているが、九月はまだ海水が温かいので、腰まで海に入って採れる。

冬の海は夜潮《よしお》といって、真夜中に潮が引く。何回か冬の真夜中アサリ掘りに行ったが、身が小さく食べでがないので、最近は行かない。

潮干狩りで感じるのは、居所が変わるということで、潮の流れ、場荒れなどの影響だ。アサリ掘りのこつは、砂浜に穴がたくさん開いている所、砂が固い所を掘ることだ。アサリは給水管を海中に出し、海水中のプランクトンを食べているので、アサリの多い所は穴が多い。また砂が固いというのは、まだ他人に掘られていないということで、アサリが多いことになる。

それにもまして重要なことは、釣りにも言えることだが、アサリが採れない、釣れないときは、周りの人をよく見て、たくさん採れている人の真似をすることだ。諸芸一般に言えることとか。

アサリは一潮ごと（つまり大潮から次の大潮までの二週間）で大きくなるという。小さなアサリは見逃し、大きくなるのを待ちたい。アサリ掘りは、掘り起こした貝の一、二割は見逃すのが常だ。他人が掘った所を探っていく手もある。

ウチムラサキは貝殻の内側が紫色なことからの命名だが、「タコガイ」の方が通りが良い。大きいものは貝殻の直径が十二センチ以上にもなる。観光地では「大アサリ」として焼いて売っている。

タコガイの命名は、平らな岩場の穴の中に、潜んでいることからきている。ちょうどタコのように。タコガイはこの穴の中で一生を過ごすと思う。何故なら、多いときは一つの穴にぎっしり七、八個も入っていて、身動きがとれないからだ。

タコガイを採るには、岩場に手のひらで水流を起こして、穴にたまった泥をどける。そうするとタコガイが見える。貝は皆、合わせ目を上にして潜っていて、タコガイはそこにわずかな隙間がある。細い鉄棒を叩いて平らにし、グラインダーで先の手前を削って丁の字形にする。この金具をタコガイの隙間からこじいれ、先が入ったところで九十度回すと、貝を簡単に抜くことができる。

また、石混じりの所でも深く掘るとタコガイが採れる。この場合はひとつひとつ採れる。

タコガイは酒蒸しが良い。味が濃く美味しいが、貝柱は噛みきれないので、薄く切るなどの工夫が必要だ。

カキはこの辺一帯どこでも見られる。特に野島の周辺には多い。外国人（中国、韓国？）はカキを採って海岸で殻をむき、身だけ袋で持って帰っているが、日本人はほとんど無視だ。カキのように動かず逃げないものは採る価値もないと、はなから思うからだ。たとえば磯にかたまって棲息しているカメノテは、食べるとおいしいのだが、私も採る気がしない。採っても手柄ではないと。

マテガイは、砂に縦穴を掘り、中に潜んでいる。長さは大きいサイズで十二〜十五センチ、直径は一センチ半程度だ。伊勢町の浜には、沖に波よけができる前は、マテガイが棲息していたが現在はいない。野島周辺、人工渚《なぎさ》にはマテガイが多く、最近はマテガイ狙いの人が多い。

マテガイを採るには、特に大きく潮が引いた時、砂の表面をひっかくと穴が出てくる。これがマテガイの穴だ。まん丸い穴はゴカイなどの他の生き物の穴で、マテガイの穴は、貝殻の形に合う楕円形《だえんけい》をしている。そこに直接塩を入れるか、濃い塩水を入れると、まず穴の水面が揺らぎ、どっとマテガイが飛び出てくる。潮が上がってきたと勘違いして出てくるという人がいるが、私は身の周りの塩水の浸透圧が、急に上がってピリピリし、驚いて飛び出るのだと思う。そこを逃がさず摑むのだが、縦方向に摑まないと貝殻が割れてしまう。普通、飛び出たマテガイはすぐに穴に戻ってしまう。こうなると再びは出てこないことも多い。

酒蒸しなどでおいしいが、形がグロテスクだと嫌う向きもある。手間がかかるが、むき身にして串に刺し、干したものは酒の肴に絶好だ。

アオヤギは別名「バカガイ」だ。アオヤギは採って放っておくと、すぐにパカッと殻を開ける。このさまがいかにも痴呆《ちほう》のようなので名が付いたと思われる。このため貝殻と身の間に砂が入りやすく、いつもじゃりじゃりしているイメージがつきまとう。

身はやや甘みがあるがおいしいとは言えない。しかし、アオヤギほど大きさで価値が変化するものもない。大きいサイズ（貝殻の直径が十センチ以上）は高値が付く。これは通称「ベロ」がすしネタとして好まれ、貝柱も小柱として重宝するからで、ベロがすしネタに使われないものはごく安い。

四十年余り昔、大きく海が荒れた翌日の夜、江の島の前の浜に行ったことがある。そこには真っ白にアオヤギが打ち上げられていた。しかし、どれも大きさは七、八センチどまりで持って帰る気がしなかった。最近はどの浜でもアオヤギは減っている。

ヒオウギガイは、西南暖地の観光地で土産物として売っている、赤や紫のカラフルな貝殻の主で、三浦半島の海にも少ないが棲息している。石に糸で絡みついており、形はホタテ貝にそっくりだが、泳がないためか貝柱は小さい。味はホタテ貝に似ているが、小さいので気合を入れて採る気はしない。

トコブシは浅い岩場におり、大潮の昼間は磯に乗り手探りで採れる。禁漁の所がほとんどだが、漁師が採っているのは見たことがない。トコブシは手間がかかり、小さいので

（殻の長さは大きいので十センチ、最大で十五センチ）一キロも採るのは大変だし、値はアワビの三割程度で割に合わないからだと思う。

　味はアワビと同じで、特に冬のトコブシは、生育盛りのワカメなどの海藻を食べているので、肉厚でおいしい、緑のワタは苦いが、白いワタはぬるっとしていて特においしい。厳寒のなか体の芯まで冷えるが、我慢する価値はある。

　サザエは東京湾の横須賀側では、走水、猿島以南におり、その辺のサザエは波が弱いので角なしで、三浦辺りの波が強くなる地帯では角ありとなる。ちなみに野島周辺では、サザエの代わりはアカニシになる。

　トコブシ採りをしていると、よくサザエに当たるが、サザエは採らないことにしている。サザエは簡単に採れるし、重さもあり漁師が狙うので手を出さない。

　タマは通称で、多くの種が含まれる。三浦辺りから相模湾のカジメに多く付いている鋭い三角形の「カジメックイ」は魚屋でも売られているが、猿島、伊勢町、観音崎辺りに多い丸っこいタマは魚屋で見たことがない。

　このタマには二種類あり、蓋が薄い板状のものと、蓋がサザエの蓋に似ているものがある。後者は、やや苦くて味もサザエに似ていて、お袋はこちらの方がおいしいと言っていた。いずれも塩茹《しおゆ》でにしてまちばりで抜き出すが、まちばりを硬い肉に刺し、殻を回して取る。茹でが甘いと、先の内臓部分が殻に残ってしまうので、十分茹でる。タマは主婦にも簡単に採れるので人気がある。

オニアサリは、アサリを大きくしたような貝で、最大七、八センチの大きさがある。大きさが二、三ミリの礫《れき》混じりの砂地ではアサリ混じりだが、礫だけだとオニアサリのみでアサリはいない。オニアサリはやや辛く、私は苦手なので採らないが、一般的には潮干狩りの対象だ。

野島周辺ではアカニシ、アカガイ、ホンビノスガイも少しだが採れる。もう五十年もの昔、茅ヶ崎から平塚にかけての浜で、コタマガイ（朝鮮ハマグリ）が採れた。ハマグリを薄くしたような形だが、身はやや硬かった。

道具は手製で、八番線のハリガネを薄い籠のようにし、入り口に十センチくらいの足を五センチ置きに七、八本出し、両側に紐を結んで頭の上でグルグル廻《まわ》して沖に飛ばすという方法だ。結構採れ、キシャゴ（砂に住む巻貝、茨城ではナガラメ）も混じった。

ハマグリは真水のさす砂浜におり、この辺では見かけない。

最近は少なくなったが、終戦後しばらくはこの辺の岸壁はカラスガイの絨毯《じゅうたん》で、真っ黒だった。春、ウミタナゴを釣るときは、まずカラスガイを長靴でつぶして撒き、その後釣ったものだ。クロダイ、イシダイ釣りのエサとしても使える。

それが今や、散見されるまでに減った。カラスガイの絨毯は小さなカニやイソメの類《たぐ》いの巣窟だったので、その減少はメバル、クロダイなどの魚、イシガニ、タコなどにとって大打撃だと思う。

減った原因はよく分からないが、採り過ぎと貧栄養化ではないと思う。カラスガイはムール貝のごく親戚だが、うじゃうじゃいたので食べることなど考えなかった。

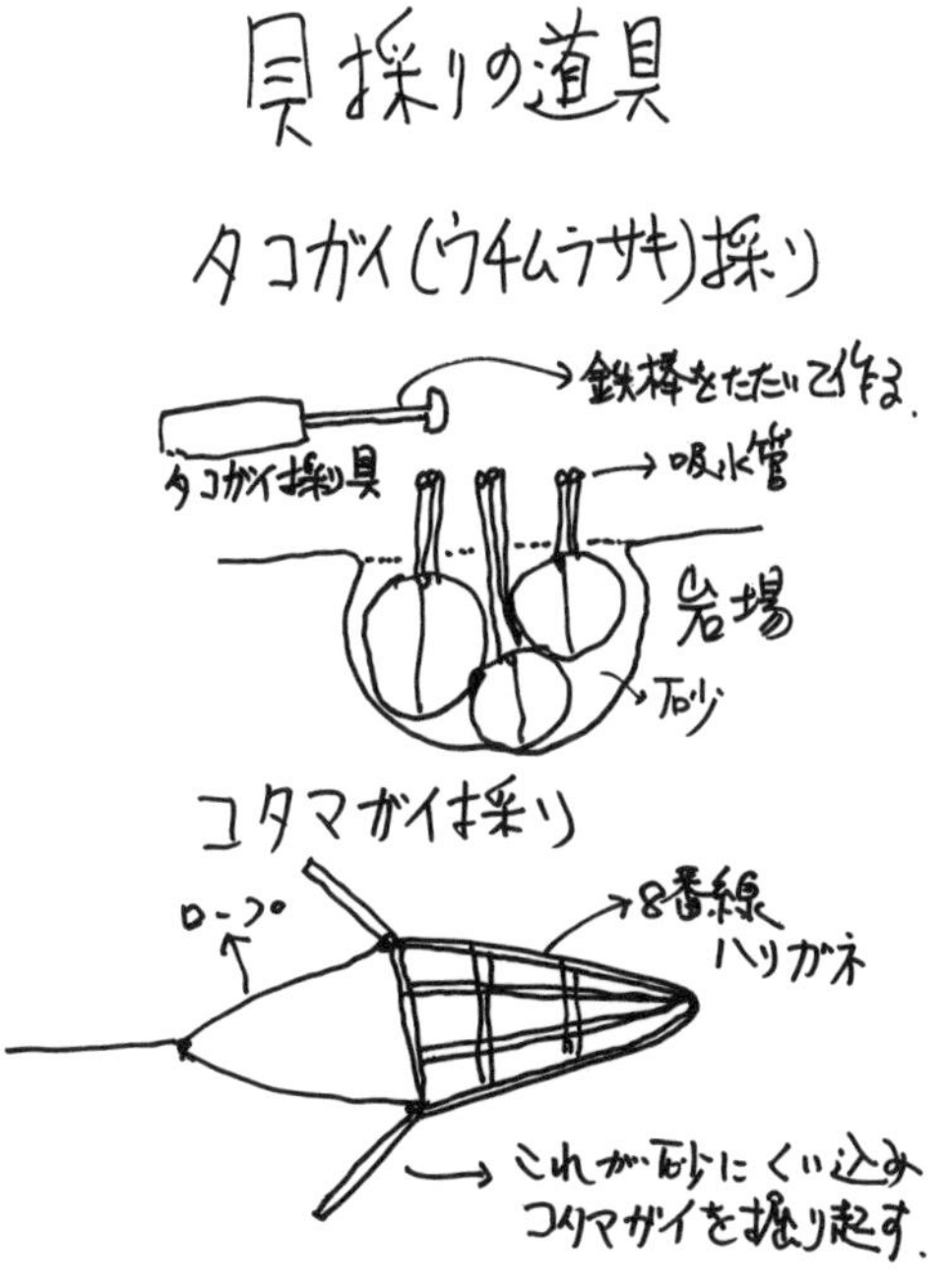

水道料金

友人と潮干狩りに行った時、アサリを掘りながら、
「最近うちの夕飯は、バーゲンセールの寿司が多く、ぱさぱさのご飯でうまくない。握り寿司じゃチンするわけにもいかないから」と話したら、周りから「うちもそうだ」という声がした。平日の潮干狩り場には、リタイヤの男が多くいるからだ。

世の中の女房たちは、「今夜の亭主のおかず（さすがにエサとは言わない）はどうしよう、値引きの握り寿司でいいか」と安易に済ます傾向が感じられる。義務、仕事で作るのはエサで、どうしたら美味しく食べられるかを考えて作るのが食事だと思う。動物園では食事作りとは言わず、「エサ作り」と言うことに端的に表れている。先ほどのぱさぱさご飯の寿司は、どちらかと言えば、エサのように感じられる。

また「最近の大根は甘くて大根らしさがない、ピリッと辛い大根はないのかな」と言う呑《の》んべえもいる。世の奥様方はおかずを作るとき、まず優先は「子供が食べるかどうか」だ。辛い大根を子供は食べないので、まず買わない。売れないものを作っても収入にならないので、農家も辛い大根は作らない。そして子供が独立していき、夫婦だけとなると、

時間をかけての手作りの食事（愛情）は減り、出来合いのエサ（義務）が増えてくる。きみまろ風に言えば、「あれから四十年……」だ。

食事を作る時間がないのではない。次のようなことをしている女性は結構いると思うが、いきり立たず聞いてほしい。

風呂の残り湯をバケツに取って、洗濯用に使う。六リットルのバケツ八杯として約五十リットル。市の上水道局に聞くと、水は一トン約三〇〇円だそうだ。バケツに汲《く》んだ水は約十五円となる。バケツを取り出し、汲んで、洗濯機に入れバケツを片づける。この作業に五分かかるとすると、時間当たりの節約費は約一八〇円だ。つまり時間給一八〇円の作業となる。

これで水道局が「ありがとう」と言うならば救われるが、実態は逆で、以前私の同級生が水道局にいて、

「よお水野、何か水をガンガン使う話はないか。最近は節水型の家電が増えて水の使用量が減り、水の料金収入が減って困っているんだ。場合によっては、使用料を上げざるをえないかも」と言われた。

また、節水すればダムの貯水量が増えるのなら、メリットがあるが、ダムの最大貯水量は決まっており、節水しても貯水量は増えない。しかも神奈川県はダムが一つ余計なくらいの水事情と聞いている。風呂の残り湯の活用は、単に時間給一八〇円の労働だ。

風呂の残り湯の出し入れに使う時間があるなら、「今夜の亭主のご飯はどうするか。おかずは亭主の好きながんもどきはどうか。甘辛く汁は多めで、鰹節《かつおぶし》をきかせて」。あるいは「年金が入ったことだし、奮発して脂ののった寒サバの〆鯖《しめさば》がよいか」など思案する時間に使ったらと思う。

学生時代、すぐ上の兄に、
「信《のぶ》、お前が弁当のおかずにがんもどき、がんもどきと言うから、弁当のおかずはがんもどきばかりだ」と言われるほど、私はがんもどきが好きだった。

また、禅では炊事は学問で重要な修行の場とされる。亭主のエサはどうするかでは、貴重な修行の時間を無駄にしていることになる。

鳥の子育て

私は動物が好きで、テレビで動物に関する番組があると、必ず視聴している。また、現役の頃「アニマ」という動物に関する雑誌が月刊で発行されていたが、毎月届けられるのが楽しみだった。今も二〇〇冊以上の「アニマ」がある。

動物に関するいろいろなことを知って、私が思ったのは、人間の世界と動物の世界は、そう変わらないなということだ。サルの群れのリーダー交代劇は、まさに首相の交代とよく似ている。ボスに仕えて禅譲を狙ったり、二、三位連合でボスに対抗したりする。

中国の戦国時代末期、秦《しん》の勢いが強大になり、ほかの国々は合従連衡《がっしょうれんこう》のどちらを選ぶかで悩んだ。合従は秦の傘下に入ることで、連衡は弱い国が団結して秦に対抗することだ。

これもサルのリーダー交代と同じと言える。サルやライオンも、メスに人気がないとボスにはなれない。首相も大衆に人気がないとだめだ。また、最終的に配偶者を選ぶ権利は、メスにあることも分かった。オスはほかのオスがメスに近づくのを、排除することはできても、力ずくでメスを獲得することはできない。人間の世界では、女性に振られても、しつこくつきまとう男がいるが、動物のあきらめの良さを学ぶべきと思う。

多くの種で、オスの順位は身体の大きさとパワーで決まり、メスも順位が上のオスを選ぶことが多い。鳥のなかには、なんとかメスに気に入られようと、派手に着飾ったり、オーバーなパフォーマンスをしたりするグループがある。インドネシア周辺の島に棲息する風鳥《フウチョウ》（極楽鳥）は特に派手で、手のこんだ演技をする種が多い。メスは地味な色合いで、ちょっと見同じ種とは思えないほどだ。メスの前で、先輩と弟子のコンビで、同じ動作を繰り返す種もある。時によると、弟子が二羽で演じることもある。私はすごいもんだと感心するが、アピールが成就することは少ない。

このほか、カモの仲間や雉《きじ》の仲間のオスは派手な色合いをしており、抱卵や雛《ひな》の面倒は見ない種が多い。例外もあり、タマシギはメスが派手な目立つ色で着飾っており、抱卵、育雛《いくすう》はオス任せだ。一方でペンギンやツバメ、カツオドリのように、オスとメスがほとんど同じような色格好の種も多い。

オスでこのようにパフォーマンスが大きく異なるのは、オスが子育てに関与するかどうかで決まっている。子育てに関与しない鳥は、恋が成就することに全エネルギーを注ぎ、恋が成就した後は、抱卵も雛に餌を取ってくることもしないので、あとは楽ができる。

さて、人間はどうだろうか。ブランド品で身を飾り、スポーツカーで誘う男は、これはどう見ても「極楽鳥」のスタイルだ。つまり子育てには向いていないと見てよい。

一方、地味なスタイルで、５ナンバーの国産車でドライブに誘う男は、これは「ペンギン」スタイルで、子育てにも参加すると見てよい。

一方女性では、ブランド品で身を固めて、海外旅行に明け暮れる人は、タマシギの仲間かと思う。鳥と人間も、やはり似たもの同士だ。

テレビ出演

もう四十年も前、局は忘れたが「そこが知りたい」というテレビ番組があった。夜八時からの番組で、京浜急行の沿線を訪ねるという内容だった。

私は二回出ているが、一回目は塚山公園などを探索するという内容で、初めは他の町内の人に打診があったが、「塚山公園じゃ、水野でしょ」で私にお鉢が回ってきた。

もう亡くなった児玉清氏が、若い女性タレントと塚山公園に来て、

「声をかけるので、公園内の案内をお願いします。山菜でも摘んで、石段に腰掛けていてください」という設定だった。

当日、良い山菜が思いつかなかったので、野ミツバをかごに摘んで石段に座っていると、児玉氏が打ち合わせどおり来て、

「何をとっていらっしゃるのですか」「野ミツバを少し」

「少しいいですか」「どうぞ」

児玉氏は口にミツバを入れて噛み、

「いい香りがしておいしいですね」

と言ったが、カメラが止まるとぺっと吐き出し、「あーまずい」。

時季が過ぎていたので、硬かったのだ。それ以来、料理番組で「おいしいですね」と言っていても、私は信用できない。

このあと、私が手入れに励んでいたニリンソウの群落、トウキョウサンショウウオの卵塊などを案内した。児玉氏は絵が上手で私をスケッチし、何か書き添えた。放映された番組を録画したので、よく見ると、

『子供がそのまま大人になり、わんぱくおじさん水野さん』

と書いてあった。会ってすぐに私を見抜くとは、さすがと思った。


二回目は、磯でトコブシなどを採り（「磯取り」という）、焼いて食べるシーンを撮りたいという。これは密漁にあたり、三浦海岸辺りは比較的うるさくないが、密漁に変わりない。

当時、私は園芸試験場に勤める公務員だったので、テレビで映されてはさすがに困ると断った。それではほかの人を推薦してくれと言ってきたので、農協に磯取りの得意な者がいたので推薦し、彼も承諾した。

しかし、録画撮り日が迫ってきた時、彼からキャベツの収穫で忙しいので、都合がつかないと断ってきた。私にはほかに心当たりはないと言ったが、テレビ局は出演者（前田武

彦氏）も決まっており、「なんとか水野さん、お願いします」となった。しかたなく、肩書と名前を伏せることで、出ることになった。

当日、三浦海岸のはずれの磯で準備を始めたが、その日に限ってなかなかトコブシが採れず焦った。前田氏の一行が三浦海岸にちらほら見える頃になっても採れず困ったが、「窮すれば通ず」の言葉どおり、やっと三、四匹採れ、焼いて待っているところに一行が到着し、予定どおりで済んだ。なお、一部で私の名前が放映されたらしいが、おとがめはなかった。

水産関係の県職員から、私の磯取りは、漁協の監視員には分かっていたが、「試験場の水野じゃ捕まえるわけにもいかない」と話していたと聞いた。密漁の監視員は兼業している農家なので、仕事がら私をよく知っていたので、目をつぶったのだ。

汚い？

県の試験場勤務では、何年かに一度、国の試験場に研修に行くことになっており、その試験場に、のちの畏友《いゆう》、Hさんがいた。

私と同年配で、囲碁の趣味が同じで、よく対局した。言葉遣いは非常に丁寧で、性質も穏やかで好感が持てた。

Hさんは就職する前に、青年海外協力隊に参加し、東南アジアに派遣された。彼は現地に着くとすぐ生水をがぶ飲みした。するとひどい下痢・腹痛を起こしたが、ほどなく収まり、以来生水を飲んでも、何を食べても、何も起こらなかったそうだ。腸内細菌叢《そう》が現地人と同じになり、現地の食べ物、水に対して、耐性ができたのだ。

現在の日本では、汚いとか雑菌が多いとかで、生水は飲んではいけませんと言われることが一般的だと思う。それもたいした根拠なしのケースでも、だ。私は、ヤマメ、アユ釣りに行っても、川の水を掬《すく》って飲んでいる。それで腹痛など起きたことはない。

アサリには、殻が真っ黒なものと、全体に白っぽくて、白黒などの模様がくっきりと分かれているものがある。中には青いアサリや、黄色いアサリもいる。これはもちろん同じアサリで味も変わらない。加熱すると、どちらも同じ茶色に変わる。しかし当然ながら、真っ黒なアサリは、一般の消費者には不人気で、業務用に回ることになる。スーパーマーケットで見るアサリは、模様が細かく、全体が黄土色で、明らかに遠くから来ているのが多い。

昔、事務の女性が、真っ黒なアサリは汚いので食べないと言うので、「アサリは吸水管を水中に伸ばし、海水中のプランクトンを食べている。海水は流れており、砂の上も、泥の上も同じ海水が流れている。つまり砂に住んでいるアサリも、泥に住んでいるアサリも同じエサを食べている」と言ったら、なるほどという顔をした。

最近は、アサリ採りにやりすぎと思える取り締まりがあり、自由に採れる海岸は、以前に比べ極端に減っている。横須賀でアサリがいる場所は、石混じりで掘るのが大変なので、漁民は見向きもしない海岸がほとんどだ。そのような海岸でも、すぐ警察や、海上保安庁が摘発に来る。

基本的に自然は全国民の共有財産であり、漁業権は、海産物を生活の糧にしている者が利用することを前提に、一時的に付与されているものだ。それ故、利用しなければ、漁業権はなしでも良いという理屈になる。これは共産主義ではなく、今の日本でも根本的な原則で、土地利用など各所にその考えが認められる。

過去、監視員に取り締まりの理由を聞いたところ、「漁業者には影響ないが、アサリ資源を守るため」との返事だった。私はこの見解に大いなる疑問を抱いている。規制が緩く、市民が自由にアサリ掘りを行っていた頃でも、毎年同じくらいのアサリが採れていた。資源が減っていたとは思えない。私たちが掘っても、膨大な量のアサリが残っており、それが膨大な量の産卵をするのだ。

アサリの増減は、海の状態で大きく変わる。以前赤潮で激減したことがあり、最近も理由は分からないが激減して、有料アサリ掘り場が一時取り止めになった。アサリ掘りをしているのは、リタイヤした男性、女性、および子供連れがほとんどで、皆レクリエーションだ。アサリ掘りは特に子どもにとって、自然に親しむ貴重な機会だ。教育的観点からも、過度な取り締まりは再考して欲しい。

テレビを見ていると、細菌、ウイルス、ダニ、昆虫などを徹底的に、身の回りから排除するという機器や、住宅を売りにするコマーシャルが多い。また、嫌なにおいを消しますという洗濯石鹸やスプレーも多い。このように気に入らない、気にかかることを、全て排除しようとする傾向は、徐々に高まってきており、これからもこの傾向は続くであろう。

しかし、人が生きていくうえで、これらの嫌なものから逃げ切れることはできないので、共存していくほかないと思う。

さらに、むしろそのようなものとの付き合いが、総合的には重要であることが分かってきている。しかし売り手は、有害な面のみを取り上げて、なんとか商品を買ってもらおうという魂胆なのだ。

嫌なもの、嫌いなものを、徹底的に排除するのではなく、ほどほどに付き合う叡智が望まれる。飲み水に関しても、水道管から出る水は安全で、川の水はそのままでは飲めないと思っている人がほとんどだと思う。しかし、上流部の川の水は、水道水より大腸菌が少ないのが普通だ。

瀬戸内海で湧くように採れた、人気のイカナゴ（関東でコウナゴ）が不漁になり、海の中のミネラルが不足したのではと、下水の浄化をやや緩くし、ため池を清掃し川に流したところ、イカナゴが再び豊漁になったという。つまり川の水がきれいになり過ぎたことが、不漁の原因の一つだと分かったのだ。

そう言われると、近くの海のカラスガイの激減、シコイワシ（カタクチイワシ）やアジの回遊がなくなったのも、同じ原因かと思った。下水道が整備され、家庭の雑排水が海に流れなくなり、また、山の木を切って、斜面をコンクリートで固めたので、落ち葉が海に届かなくなり、落ち葉を経由して泥からのミネラルもなくなって、海の植物プランクトンが減少し、海の生物には大打撃となった。落ち葉には当然ながら、植物が必要とするミネラルは全部含まれており、それは微生物や小動物によって分解され、ミネラルが海に供給され、植物プランクトンが利用することになり、豊かな海の基になるのだ。
　河川の三面張りや、家庭における庭のコンクリート張りも、河川水の貧栄養化を助長している。魚を育てるのは森林だというのは、この点でもっともなことだ。森林から流れ出る水は、ミネラルが十分に含まれているのだから。

「なんとかハラスメント」が多い最近ではあまり使われないが、「色が黒くて貰い手なけりゃ、山のカラスは後家ばかり」や、「色が白いは七難隠す」とかいう言葉がある。黒っぽいのは嫌われがちで、白っぽいのは好まれるということだ。

　これは時の力関係の反映だ。現在は白人主体のアメリカ・ヨーロッパが、科学技術、戦闘力で優れているので、白い肌が優位を占めている。しかし、かつてはイスラム教世界が優勢で、スペイン南部はイスラム王朝が支配しており、そこでは黒から浅黒い肌が、権力の象徴だった。つまり白っぽい肌は劣勢だった。一般的には白っぽいのはきれいで清潔、黒っぽいのは汚れている・不潔とされがちだが、科学的根拠はない。

　江戸時代、賄賂《わいろ》で有名な田沼意次《たぬまおきつぐ》が失脚し、松平定信による「寛政の改革」が行われた時代の戯《ざ》れ歌、「白河（松平定信が藩主）の清き流れに魚住まず、元の濁れる田沼恋しき」も、「きれい・清潔」だけではだめで、「汚い・不潔」も必要なことを示している。

　雑音のないデジタル音楽が主流の時代、雑音の入るレコード盤が一定の支持を得ているのも、「いやなものを徹底的に排除する」ことが奥深さを欠くと気が付いたのだと思う。

パチンコ

十八歳からパチンコを打ち始め、約六十年弱。取られた額は一五〇〇～二〇〇〇万円くらいか。そう言ったら、呑んべえの友が、

「俺の飲み代はそんなものじゃない」と。私は酒もたばこもやらないので妥当な額か。

女房が「あんたはパチンコ中毒だ」と言ったが、

「俺は一度もやめようと思ったことがない。やめたくてもやめられないのが中毒だから、俺は中毒ではない」とやり返した。

打ち始めの頃は、台の前に立って玉を左手で一つずつ入れ、右手ではじくというやり方で、台の裏側には女性従業員がいて、玉の補給をしていた。その頃の台は穴に玉が入ると、十とか十五とかの玉が出るという仕組みだった。台の傾きで入り方が違うということで、

「おおい、玉を抜いてくれ」など裏の従業員とのやりとりがあった。

その後、座る形になり、玉も自動で打てるようになり、台裏の従業員もいなくなった。ハンドルを一定の位置で止めればよく、初心者も女性もベテランも同じになり、女性客が大幅に増えた。

今はないが、一時「一発台」が流行《はや》った。極めて入りにくい穴があり、そこに入ると最大五〇〇〇〜六〇〇〇発の玉が必ず出るという台だが、規制でなくなった。

また、今でも少し見られる、「ヒコーキ台」が大いに流行った。特定の穴に入ると、十回ぐらい両側の翼が開いたり立ったりし、最大一〇〇〇発ほどの玉が出るという機種だ。

その後、今も大いに流行っている「デジタル台」の登場だ。お客に「どんなときがうれしいか」と聞いたところ、「台が故障して、出玉が出続けたとき」との答えにヒントを得て、画面の数字が揃《そろ》ったら、一五〇〇発程度出るという「デジタル台」が誕生したと聞く。

最初のデジタル台は、一定の穴に玉が入ると数字が動き、「777」など数字が揃うと羽が開いて、そこの穴に玉が入ると一五〇発くらい出る。これが十回繰り返され、合計が一五〇〇発というわけだ。

当時、当たるとその日に投入された金額だけ玉が出るというシステムの店があり、朝から何万円も入っている台は皆、目の色変えて挑戦していた。

だが、このシステムも遠からず禁止された。パチンコの場合、派手に一気に玉が出るという台は、射幸心をあおるということで規制されてきた。

デジタル台は進化を続けており、現在は派手な演出の競争というところだ。台の前のデコレーションもエスカレートしている。

確かに当たりが派手に演出されると「ヤッター」という気分になり、ドーパミンが出まくる。その中で、「海物語」という機種は、大げさな演出、台の前のデコレーションもないが、かえってそれがよいと根強い人気がある。

昔は一玉四円だったが、最近はどの店も一玉一円の台を置いていて、リタイヤ層に人気があり、年金支給日は大賑《おおにぎ》わいだ。現役の若い層も結構遊んでいる。一円だと勝っても負けても大したことはなく、気軽に時間がつぶせるのだ。

ちなみに、昔は一定の玉が出ると「打ち止め」と言って、台を代えないといけなかったが、今は打ち止めなど聞いたことがない。

私は二十万円勝って、二日後にまた十六万円勝ったことがあったが、そのうち取られてしまうのは、パチンコ歴五十年で分かっている。だが、初めて打つ人なら、訳の分からぬまま座って打っていたら、二時間で十万円も儲《もう》けた、となると「こんないいことはない」となってしまう。

最近女性が増え、夢中になって打っているような人を見かけると、家計費までつぎこむひどい目に遭わないか心配になる。

私は農業後継者の学校で先生をしていた時、学生に、

「パチンコをするなら十八歳からしろ。しないなら一生するな」と言っていた。

若いうちは十分な金は工面がつかないので、取られて「こんちきしょう」と思ってもあきらめるしかなく、そのうちパチンコは遊びで儲かることはないと悟ることになり、のめ

り込むことはない。この状態は「焼き冷《さ》ましのモチ」で、火にかけても軟らかくならないのと同じで、のめり込むことはない。

また、バーの女性にちやほやされた中年の堅物の男が入れあげて、財産そっくり使ってしまい、その女性に言われるまま、ヤキトリを焼いていたという話を聞いたことがある。若いうちに柔らかくなっていれば、つまり遊んでおけば、中年になってちやほやされても、それは営業だと分かり、狂うことはない。

パチンコに限らずギャンブル全般に言えると思うが、重要なのは「平常心」だと思う。出がけに女房に「何かやってくれ」とか言われた時は、平常心ではないので、勝ったためしがない。

また、あきらめも肝心で、散々負け、「もうやめる」となって、最後の一発で「大当たり」ということは何度もあった。ただし、ポーズであきらめてもだめで、本心からでない「あきらめ」は見透かされて当たらない。これは禅の極意にも通ずるかもしれない。

それ恕乎《じょか》

孔子は高弟子貢《しこう》から、「人生で重要なことを一字で言ったら何か」と問われ、「それ恕《じょ》乎《か》」と答えている。

「恕」とは、思いやりであり、相手の立場に立って考えることだ。他人を巻き込んだひどい事件が起きたとき、事件の背景を探るのが重要なのは言うまでもない。そのとき犯人になりきることができれば、どうしてそうなったかが思い当たり、改善策も打てると思う。「言語道断だ」とか、「死にたいなら他人を巻き込むな」などと言っているだけでは、同じような事件の再発を止めることは難しい。

私が試験場の出先にいた時、朝その日の仕事の割り振りを担当していた。ある時、いつものように「今日は誰々さん、この仕事をしてください」と言うと、この仕事はいやだと言われた。ここで「これは仕事だ、勝手なことは言うな」などと言ったら、相手は職人、「もう帰る」と言われかねない。

ここで、どうしてそんなことを言うのか、相手の立場で考える。出がけに女房から「さっさと行きな」と言われたか、通勤途中の電車で高校生とトラブルがあったか（私にも経験があるので）……。そう考えると、「まあまあ、この仕事はあんたが適任だから、引き受けてくれ」となり、相手もむしゃくしゃを発散しただけなので、「分かったよ」で一件落着だ。トラブルになりそうなケースの多くで、相手の立場に立つことで、事がこじれないものだ。

土には緩衝能《かんしょうのう》がある。緩衝能の「緩」は、ゆるやかということで、「衝」は衝撃のこと、つまりショックがあったときに、それを和らげる能力だ。土が酸性に傾いたとき、それを中性に戻す、逆にアルカリ性に傾いたとき、中性に戻す力を指す。

人間にも緩衝能が必要で、何か気にくわないことに出くわしたとき、いつも「なにを」と反応するようでは、緩衝能が低いと言える。一旦衝撃を受けとめ、どうしてそのようなことが起きたか、相手の立場で考えれば冷静な行動につながる。プロの将棋の対局で、相手がトイレに立つと、相手側に回って形勢を判断する棋士がいた。これも相手の立場に立って形勢を判断する行為と言える。

偉そうなことを言ったが、私は「てやんでえ、べらぼうめ」と、衝撃に即反応したことが何度かある。県を辞めたときは、最後は三浦に戻してくれと希望したのに、何年も希望が叶《かな》わなかったので。そして、町内の役員を辞めたときは、私の立場を無視した態度を二度までは我慢したが、三度目は、

「そんなことを言うならオレを辞めさせてから言え」

「おう辞めろ」

「よし辞める、あとはお前がやれ」と。

女房には「あんたは瞬間湯沸かし器だ」と言われたが、これらは、どれも同じことが繰り返されたあげくの話で、何度も緩衝能だ、緩衝能だと言っていると、「腑《ふ》抜《ぬ》け」と思われてしまう。

刑務所　1

私は五十六歳で尻を捲《まく》って県を辞めた。女房は「あなたに公務員は向いてない」と引き留めることはなかった。

上司に噛みつくことがご法度の公務員の世界で、所長だろうが、部長だろうが、こいつは間違っている、農家のためにならないと思えば、後先考えずに噛みついた。そこでうだつが上がらなくなり（他人はどう思っていたかは分からないが）、最後に三浦の試験場に戻してくれと言ったが、叶えられず辞めたというわけだ。

ちなみに、公務員と暴力団はよく似ていると思う。上の者に逆らってはいけない、冠婚葬祭は欠かさない、縄張りを守る、などだ。

その後、専門学校の非常勤職員、県立公園の管理員などをした。自己都合退職では県は面倒を見ないからだ。県立公園も一般募集で入った。

そんな時、農業後継者が減っていることが国会で話題になり、時の首相が、
「刑務所で受刑者に農業を教えたらどうか」と提案したところ、
「それでは首相の地元でどうか」となった。しかし、農業の分かる職員がいないので、刑

務所は県に誰か紹介してくれとなり、県では農業総合研究所にお鉢を回した。

その時の担当は私の知己《ちき》だったので、

「横須賀には水野がいて、ふらふらしており、受刑者と程度も同じなので（もちろん口には出さない）ピッタリだ」と白羽の矢が立ったわけのようだ。私も受刑者に教えるのは、誰でも良いとはいかないと思う。

それからおよそ十五年、内容は時の所長の意見で異なるが、講義と実習という形で教えてきた。

刑務所の中はシャバとは大いに異なる世界だった。アメリカの刑務所をテレビで見たが、日本と比べると実にルーズだと思った。日本では刑務官は当時「先生」と呼ばれ、実習の際、たとえば帽子をとるにも、

「先生、帽子をとってもいいですか」

「よし、とっても良い」

で初めて帽子をとれる、という具合だ。

行進は二人縦列で刑務官が一番後ろにおり、

「左右《ひだりみぎ》、左右、左、左、左右、左右……」

と声をかける。どういうわけか知らないが、「左右」ばかりを連続することはない。

私の講座は、成績の悪い者は受けられないようで、途中懲罰で除外になるケースがかな

りあった。懲罰には喧嘩《けんか》などはもちろんのこと、たとえば運動中にサクランボの実を食べたなども対象だ。賭け事をしたなどのケースもあった。脱走は特に警戒しており、実習では竹・紐《ひも》の使用は難しかった。

講座の受講者はいろいろで、この人はまた刑務所に戻って来そうだなという人もいた。陰で刑務官の悪口を言って、作業に熱が入っていないのだ。禅語の「随所に主となる」ことが大事で、講座中は農業の作業に没頭する。シャバではどうのこうのと言っても、刑務所の中ではどうにもならない、黙って作業に入り込むことが大事だ。こういうケースは、たぶん再犯につながりやすいと思う。

刑務所で大変だなと思うのは、夏冬の暑さ寒さだ。最近はシャバでもきついので、自由のきかない刑務所ではなおさらかと思う。

ある時、入りたての人が、冬の外作業で鼻水を出していて寒そうだな、大変だなと思っていたが、次の冬は、寒さなど平気だとばかり元気溌剌《はつらつ》で驚いた。私たちは寒い寒いで厚着を決め込む。いかに生っちょろい生き方になっているかが思い知らされた。禅の修行僧は冬でも薄着、裸足、草履履きで托鉢《たくはつ》に行く。このことと同じだと思った。

我々の感じでは、刑期を過ごすのは永く感じそうだが、彼らが言うに、懲役三か月などというのは「小便をする間に過ぎる感じで、懲役一年はあっという間に過ぎる」という。

刑務所の生活は、朝起きてから寝るまで、きっちりと決められており、刑務官の目も常にあり、一日があっという間に過ぎるからだと思う。

ただし、無期懲役だとさすがに気が重くなるようで、「お前たちは刑期が決まっていていいな、俺には数字（刑期）がない」と嘆くそうだ。

私は、作業を進めるときには、どうしてそうやるかの理屈を説明していた。たとえば、培養土を作って苗を植えるとき、培養土は乾いていると、水を撥《は》ねる性質があるので、十分に湿らせてから苗を植えましょうというように。

ある時、少年院を出て、今度は刑務所入りという若い男に、「先生の言うことは、俺みたいな者にもよく分かる」と言われ、努力が報われたと思った。

また、六十代の受講者には、「もっと早く先生に会っておきたかった」と言われた。

最後にもう一つ。ある時、受講者がふと漏らした、「俺たちシャバに出れば、前科者だからな」という言葉が忘れられない。前科者と冷たく見る目が、再犯を誘発しているのではないかと思う。

再犯を防ぐ方法は、定職だと思う。そこでうってつけなのが農業、漁業だ。

犯罪に至るのは、育った環境が大いに影響している。人間は生まれつき、取り巻く環境が大きく違う。これはどうにもならないが、誰にも平等なのは、時間、雨、光だ。農業に必要なのは、雨と光で、金持ちとも対等に戦える。

また、生産物を前科者が作った物だなどと買い叩《たた》かれることもない。漁業にも同じことが言える。

幸い、両分野とも後継者不足に悩んでいる。大いに参入する機会はあると思う。それには、行政の支援が必要だ。

なつの章

カニ

カニもなじみの深いものだと思う。石がごろごろしている場所には、多くの種類の小さなカニがいるが、食用には向かない。ただ、クロダイ釣りのエサとしての利用は多い。

食用としてはイシガニがいる。四番目の肢がオール状になっているワタリガニの一種だ。老成個体のオスは黒紫色で、大きなガザミ並みの大きさがあり「ツマグロ」と呼ぶ。味はガザミに勝り、特にみそ（内臓）、メスの殻の中にある「うちこ（若い卵）」は美味しい。

小さい個体は、潰して味噌汁のだしとして使う。蛸壺《たこつぼ》漁の際、蛸壺に入れるエサとしては最良と聞く。

昔、中学校舎下にある磯の石周りで大潮の引き潮時、Uの字に曲げた針金を、イシガニの振り上げたツメの細くなった関節部に引っ掛けて、たくさん採った思い出がある。また夕方になると、イシガニが岸壁の水面そばまで上がってくる。上から見ると、カニが白っぽく見える。それを長い大きな網で叩く。するとカニは横に逃げるので、網に入るという具合だ。

カニのオスは、メスを見ると爪でメスの爪を摑むので、採ったメスを紐で縛りオスのそばに落として、オスがメスを摑んだところで二匹を掬う方法もある。

淡水のカニには、モクズガニ、アカテガニ、クロベンケイガニ、サワガニがいる。モクズガニ、アカテガニ、クロベンケイガニは抱卵したメスが海に行って放卵する。幼生はプランクトンとして成長して、小ガニが上陸して水辺で大きくなる。モクズガニはかなり上流部にも達する。アカテガニ、クロベンケイガニは下流部の川のそばで過ごす。

モクズガニは、甲羅の大きさが最大十センチを超えるものもあり、秋に産卵のため海に下る個体を捕り「ズガニ」と称して名物としている地方がある。イシガニ同様、みそとうちこが美味しい。上海ガニとごく近い種類だ。

わが家は下町の真ん中にあり、とてもカニには縁がなさそうだが、猫の額ほどの庭には、今や暗渠《あんきょ》になってしまった川の支流から歩いてきて、穴の中で越冬したカニが夏には二、三十匹うろちょろしている。カニは常に水場がそばにないと、脱皮と呼吸の水の補給ができず生きていけない。私は近場に小さな何か所かの水場を作っているので、カニにとって生活しやすいのだと思う。アカテガニは、逆に水の中から出られないと溺れて死んでしまう。

サワガニは、川の近くで一生を過ごす。抱卵したメスは、卵から孵化《ふか》した幼生をある程度まで育ててから放す。

この辺にいるサワガニは、甲羅の色は水色だ。飲み屋で唐揚げにするサワガニの甲羅の色は赤茶色で、比較的大きい川の上流部に棲息している。私が子供の頃は、町内のあちこちに見られたが、最近は流れが三面張りとなり、水がすぐに流れて乾いてしまうので、ほとんど見られない。

私が通った小学校には、いつも湿っている崖があり、サワガニがいた。最近も見られるが、側溝に水がたまる場所があり、そこを頼りに生きているようだ。昔の崖はコンクリートで固めてしまい、雨の時以外は乾いているので、以前は棲息不能になっていた。サワガニが再び住めるようにと、生徒と一緒に石を重ねて中に水場を確保し、サワガニを放したが、一年経って定着が確認できた。これからも末永く住み着いていてほしい。

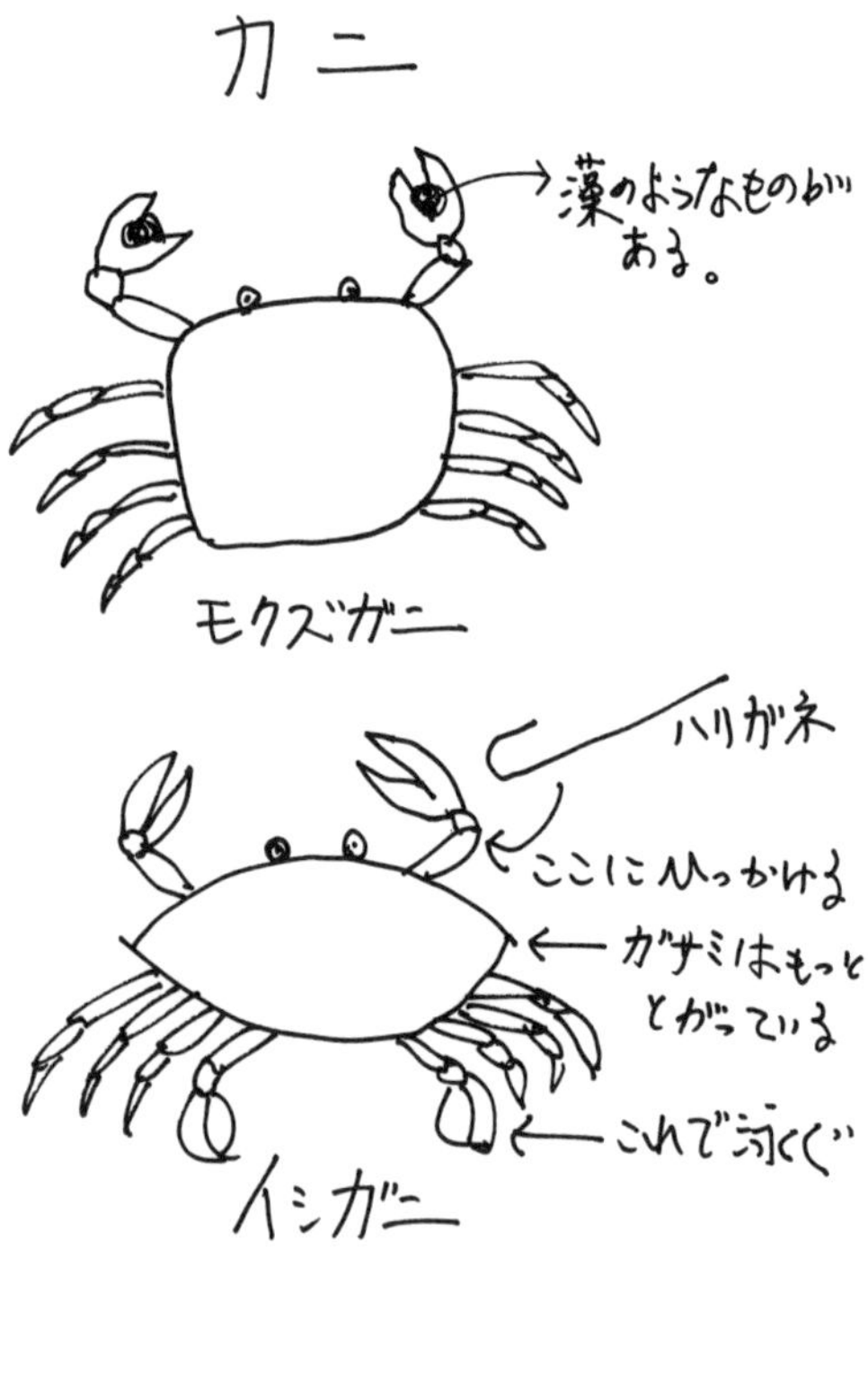

ハチ、ヘビ、クモ

ハチ（スズメバチ）、ヘビ、クモは、いずれもいわれなき偏見にさらされていると思う。どれも人類にとって、多少の害はあっても、益の方が遥《はる》かに上回る。

スズメバチは、その最たるもので、秋になると必ずスズメバチの被害や、スズメバチの大きな巣の駆除が大々的に放映される。駆除する人は、まるで英雄のように。

私はそのたびに思うのは、「かわいそうに、採らない方法はなかったのか」だ。

確かに年に何人かが、主にスズメバチに刺されて亡くなっている。アシナガバチに刺されても、アナフィラキシーで亡くなるケースもある。しかし、ハチに言わせれば、正当防衛で刺したまでだと。ハチは巣を攻撃されるか、摑まない限り刺さない。ハチは、人がそばにいても、ハチが探しているエサではないので、無関心だ。怖がる必要は全くない。

アブは人の血を吸いに来るので、逃げるか、叩き潰す必要がある。野生の動物は、趣味で狩りをするなど無駄なエネルギー消費は禁物だ。

小学校で生徒に野菜の話をしている時、オオスズメバチが周りに飛んできた。

「人間には関心がないから、無視していればいいよ」と言うと、

「はい、分かりました。平気です」

そこに校長が来て、殺虫スプレーを散布し駆除した。これではどちらが正しいのか、小学生は混乱してしまう。多くの大人は、スズメバチが来たら、逃げるか殺すかだと思っているのでしょうがないが、かわいそうなのはスズメバチだ。

ハチのエサは、種類によって異なるが、スズメバチ、アシナガバチは主に蛾《が》や蝶《ちょう》の幼虫、いわゆる毛虫、芋虫だ。オオスズメバチとなると、セミのような大きい虫も餌食にする。よくセミが大きい声でわめいているのを聞くが、オオスズメバチに生きながらかじられているのだ。

彼らは、エサを肉団子にして巣に持ち帰り幼虫に食べさせる。もしスズメバチやアシナガバチがいなくなったら、山の木は毛虫、芋虫に食い荒らされてしまう。

このほかに甘いものも食べる。よくクヌギなどの樹液に来て、カブトムシやクワガタムシと喧嘩をしている。また、イチジクも好物だ。私は子供の頃、イチジクに来ているスズメバチを捕虫網で捕まえ、押さえて尻から出ている針をハサミで切り、もてあそんだ。他人はそれを見て、よく刺されないなと驚き、私はニヤニヤしていた。

珍味ハチの子で有名なのは、小型のクロスズメバチで、土の中に巣を作る。巣の出入り口に火のついた花火を突っ込んで煙を中に充満させ、ハチを麻痺《まひ》させて巣を取り出し、幼虫を頂く。

私は小学生の頃、夏の真っ盛りにアシナガバチの巣を取って、幼虫をフライパンで炒《い》って食べた。長い棒を蜂の巣のそばまで近づけ、巣が屋根裏などにくっついている所をどっと突き、すぐ棒を放す。棒を放さないと、アッという間に棒を伝って下りてきて刺される。棒を放すとハチは誰が突いたか分からず、右往左往する。少し離れていれば刺されることはない。

誰がやったんだ、悪い奴がいるな、とうそぶいていると、落ちた巣にいたハチは、元の巣があった場所に戻る。そこで、巣を拾い幼虫を頂く。十個ぐらいは採れた。スズメバチの幼虫も食べたが、大味で皮が口に残り、いまいちと思った。

八月中旬だと再び巣を作ることが可能で、翌年の女王バチも生まれる。スズメバチに刺される危険性は、九～十月が高い。翌年の女王バチを育てる最も重要な時だが、エサの昆虫は減ってくるので、エサの奪い合いが激しくなり、殺気立ってくるためだ。特にオオスズメバチは、アシナガバチの巣もさかんに襲うようになる。ヤクザの出入りと同じで、その頃は近づかないに限る。

私は公園の管理員をしている時、目についたスズメバチの巣をなるべく残すようにしていた。何かあったら私が責任をとる、と。その間、事故は起きなかった。

普通見られるのは、キイロスズメバチの巣だが、最も危険なオオスズメバチの巣は、地中か物陰の見えない所にある。試験場にいた頃、普段入らない林に、キノコでもあるかなと入ったらハチの羽音が聞こえ、見ると地面の穴から、どんどんオオスズメバチが出ていた。やばいと五メートルばかり走って逃げ、地面にはいつくばってじっとしていた。オオスズメバチは、しばらくは付近を飛び回っていたが、やがていなくなったので、静かに退去した。もしずっと走って逃げていたら、おそらく刺されていたと思う。いきり立ったハチの飛ぶ速さは、人間より勝るからだ。

ミツバチは、ハチミツを得るための他に、イチゴや果樹類の授粉という大きな貢献が認められており、正当な評価を得ている。カリバチの類は、昆虫の幼虫、成虫をマヒ状態で、地面の穴や、棒のような筒状の奥に運び込み、卵を産み付けて幼虫のエサとしており、益虫だ。

次はヘビだが、この辺にいるヘビは、アオダイショウ、ヤマカガシ、マムシ、シマヘビ、ジムグリと、まれにしか見られないシロマダラだ。

ヘビに関しても、やたら殺したがる者がいる。「俺はヘビなど怖くない」と。

私は子供の頃、尻尾を持って振り回したこともあったが、殺したことはない。いつかマムシがいたので、捕まえて山の奥に持って行き、逃がした。

「こんな所にいたら捕まって、マムシ酒にされるぞ」と。

アオダイショウは、最も普通に見られる。大きいのは、体長が一メートル半くらいになる。昔、農家の納屋には、よくアオダイショウが住み着いていて、農家も大事にしていた。穀物の天敵・ネズミを退治してもらうためだ。

最近台湾リスが多く、山でギャーギャー鳴いているが、ミカン、カキ、ブドウなど各種の木の実を食べ、また木の皮も食べるので、ひどいと木が枯れてしまう。台湾リスは木の上に巣を作り、子育てをするが、アオダイショウは台湾リスの子を食べるので、増殖の歯止めになる。昔、試験場の現場の人は、シマヘビとマムシは捕まえると、皮をはいで食べたが、アオダイショウは生臭い、と言って食べなかった。

次に目にするのは、ヤマカガシだ。派手な模様で目立ち、昔は無毒と言われていたので、尻尾を持ってぶら下げたりしていた。最近毒蛇だと言われて、驚いている。たしか噛まれたこともあったと思う。平気だったのは、ヤマカガシの毒牙は奥にあるので、簡単には毒液が注入されないためとのことだ。カエルの項で触れたように、ヒキガエルのオタマジャクシを食べる。

マムシは、毒蛇で恐れられているが、動きが鈍く、スピードもないので、噛まれることはまれだ。草むらには長靴を履いて入り、いきなり手を突っ込んだりしなければ、まず噛まれることはない。私は何度か、生臭い臭いでマムシの存在に気が付いたことがある。たいていとぐろを巻いて、身構えている。これは場合にはよっては、とびかかるぞという体勢で注意が必要だが、長い棒で「どけどけ」とやれば、おとなしく藪《やぶ》に消えていく。

シマヘビは、横縞《よこじま》がきれいに走り、細くて逃げるのが速く、捕まえるのは至難の業だ。私も捕まえたことはない。ジムグリは、三、四十センチの小型の蛇で、可愛いくらいの存在だ。シロマダラは夜行性で、見ることはまれだ。

ヘビとなると、「嫌い」「怖い」の反応がほとんどだと思うが、殺したりせず見逃してほしい。

クモもまた、ほとんどの人にとって、「嫌い」「怖い」だと思う。

クモの主食は、網を張るクモは蜘蛛《くも》の巣にかかる、蝶、蛾、トンボなどで、ハエトリグモはハエなど。ジグモはそばを通る虫。つまりエサは、ほとんどが害虫なので、人間にとってクモは利益が大きい。セアカゴケグモのように、毒を持っているクモがいるので悪者扱いされがちだが、そんなのは一握りだ。

中学生の頃、マサキの上にいる真っ黒なハエトリグモのオス（ホンチ）を捕まえ、マッチ箱の中で戦わせて遊んだ。前足を大きく上げ威嚇して戦うが、足を一本でも取られると、ゲームストップだ。

ダニはクモの仲間で、ハダニ（葉につくダニ）は、ひどくたかると蜘蛛の巣を張ったようになる。

ヤマメ・イワナ

若い頃、渓流釣りによく行った。車の免許も車もないので、電車とバスで行ける神奈川県と伊豆半島の川が対象だった。

イワナは関東大震災の前は、丹沢の蛭ヶ岳《ひるがたけ》の裏の沢にいたと聞いたが、絶滅したようで、対象はヤマメだ。正確にはヤマメとアマゴだ。ヤマメはサクラマスの陸封型（幼魚が海に下らず川で一生を過ごす型）で、アマゴはサツキマスの陸封型だ。ヤマメは体側に朱の帯があり、アマゴは鮮やかなオレンジの点がバラバラにある。

この境目は酒匂川《さかわがわ》で、酒匂川以東はヤマメで、例えば相模川や酒匂川は上流の沢にいるのはすべてヤマメだ。

このことを確かめるため、酒匂川以西で最初の渓流・山王川《さんのうかわ》に釣りに行った。山王川は箱根の峰を源流とする小渓流で、確かに釣れた魚はアマゴだった。

神奈川県では、ヤマメのいる川にはほとんど釣行した。御殿場線の谷峨周辺には、小渓の塩沢、畑沢があり、駅から入れるので前の晩、急に思いついての釣行もたびたびだった。

昭和四十五年の頃は、まだ御殿場線には蒸気機関車が運行されていた。

酒匂川支流の世附川《よづくがわ》上流部には、よい沢があり何度も釣行した。小田原の早川の支流・須雲川《すくもがわ》は堰堤《えんてい》が多く、そのたびに仕掛けを巻いて、堰堤の上に出てまた釣りの繰り返しになるが、ほどほどに釣れた。

ある釣行の際、畑宿《はたじゅく》の上流の巨大な石がごろごろしている場所で小休止し、何気なく石の下を覗《のぞ》いたら、七寸級のアマゴが群れをなしてゆったりと泳いでいた。私の視線に気付いたアマゴは、またゆったりと石の奥に消えた。いつもの釣果を思うと、かくもたくさんのアマゴがいるのが不思議で、それが現実とは思えなかった。冥界を覗いたのかと今でも不思議だ。

伊豆半島の渓流にもよく通った。狩野川《かのがわ》、河津川《かわづがわ》はもちろん、仁科川《にしながわ》、宇久須川《うぐすがわ》など、さらに小渓の大川などにも釣行した。伊豆半島の渓流は堰堤がないので、自然のなかでの釣りになり、気分さわやかに楽しめた。

ヤマメ、アマゴは林の中の幅三十センチくらいの流れでも、途中に越えられない滝がなければ遡ってくる。釣り方は、当時はエサ釣りか、毛ばりで水面を叩くテンカラ釣りだった。私はエサ釣り派で、エサは川の石にへばりついている川虫（カゲロウなどの幼虫）がベストだ。流れのある石の表面をタオルでぬぐって捕る。乱暴に扱うと、すぐ肢が取れたりして喰いが悪くなるし、餌箱に苔《こけ》などを入れて丁寧に扱っても長くはもたない。

エサ付けのたびに川虫を捕るのは面倒なので、ミミズやブドウ虫（スカシバの幼虫）、蜂の子、メイチュウの幼虫などを使うことが多い。ミミズは雨が降って水が濁っているときに有効だった。バッタ、トンボなどもイワナには有効だ。

釣る時は、目星をつけたポイントに下流から静かに近づき、そっとエサを落とす。「木化け、石化け」と言って、人っけを隠すのが極意とされた。

イワナ釣りは群馬、長野、福島、山形などへ行ったが、どうしても宿泊しながらの釣行になった。イワナは、ヤマメに比べると警戒心が薄いように感じられた。これはヤマメに比べて釣り人に攻められる回数が少なく、すれていないためと思う。

両魚とも塩焼きにして美味しいが、ヤマメは淡泊で、イワナは味が濃い感じがする。イワナを焚火《たきび》でじっくり焼き、温かい酒に浸して飲む骨酒《こつざけ》はうまいそうだ。

渓流釣りの楽しみに山菜採りがある。渓流釣り解禁の頃は、ちょうどタラの芽、ウド、ワラビ、ゼンマイ、アケビの芽、野生のワサビなどのシーズンと重なるのだ。

危険なのは石の間を歩く時だ。大きい石だと飛んで移ることになり、何度も飛び損ねて派手に転んだ。しかし、大けがをしたことはなかった。大学時代に合気道をやっていたので、自然と受け身ができていたのだと思う。

足回りはワラジがもっとも滑らない。ワラジは濡れると石にくっつく感じでベストなのだが、一日でダメになり高くつくので、現在はフエルト底が主流だ。ワラジは足の指が出ているので、石にぶつけ爪が死んで生え変わるのが避けられない。

郵便はがき

料金受取人払郵便

新宿局承認

2524

差出有効期間
2025年3月
31日まで
（切手不要）

160-8791

141

東京都新宿区新宿1－10－1

（株）文芸社

愛読者カード係 行

ふりがな お名前		明治 大正 昭和 平成 年生	
ふりがな ご住所	□□□-□□□□	性別 男・女	
お電話 番号	（書籍ご注文の際に必要です）	ご職業	
E-mail			

ご購読雑誌（複数可）	ご購読新聞 新

最近読んでおもしろかった本や今後、とりあげてほしいテーマをお教えください。

ご自分の研究成果や経験、お考え等を出版してみたいというお気持ちはありますか。

ある　ない　内容・テーマ（　　）

現在完成した作品をお持ちですか。

ある　ない　ジャンル・原稿量（　　）

名				
買上 店	都道 府県	市区 郡	書店名	書店
			ご購入日	年 月 日

書をどこでお知りになりましたか?
.書店店頭　2.知人にすすめられて　3.インターネット(サイト名　　)
.DMハガキ　5.広告、記事を見て(新聞、雑誌名　　)

の質問に関連して、ご購入の決め手となったのは?
.タイトル　2.著者　3.内容　4.カバーデザイン　5.帯
その他ご自由にお書きください。
(　　)

書についてのご意見、ご感想をお聞かせください。

内容について

カバー、タイトル、帯について

弊社Webサイトからもご意見、ご感想をお寄せいただけます。


協力ありがとうございました。

お寄せいただいたご意見、ご感想は新聞広告等で匿名にて使わせていただくことがあります。

お客様の個人情報は、小社からの連絡のみに使用します。社外に提供することは一切ありません。

ヤマメ・アマゴの分布

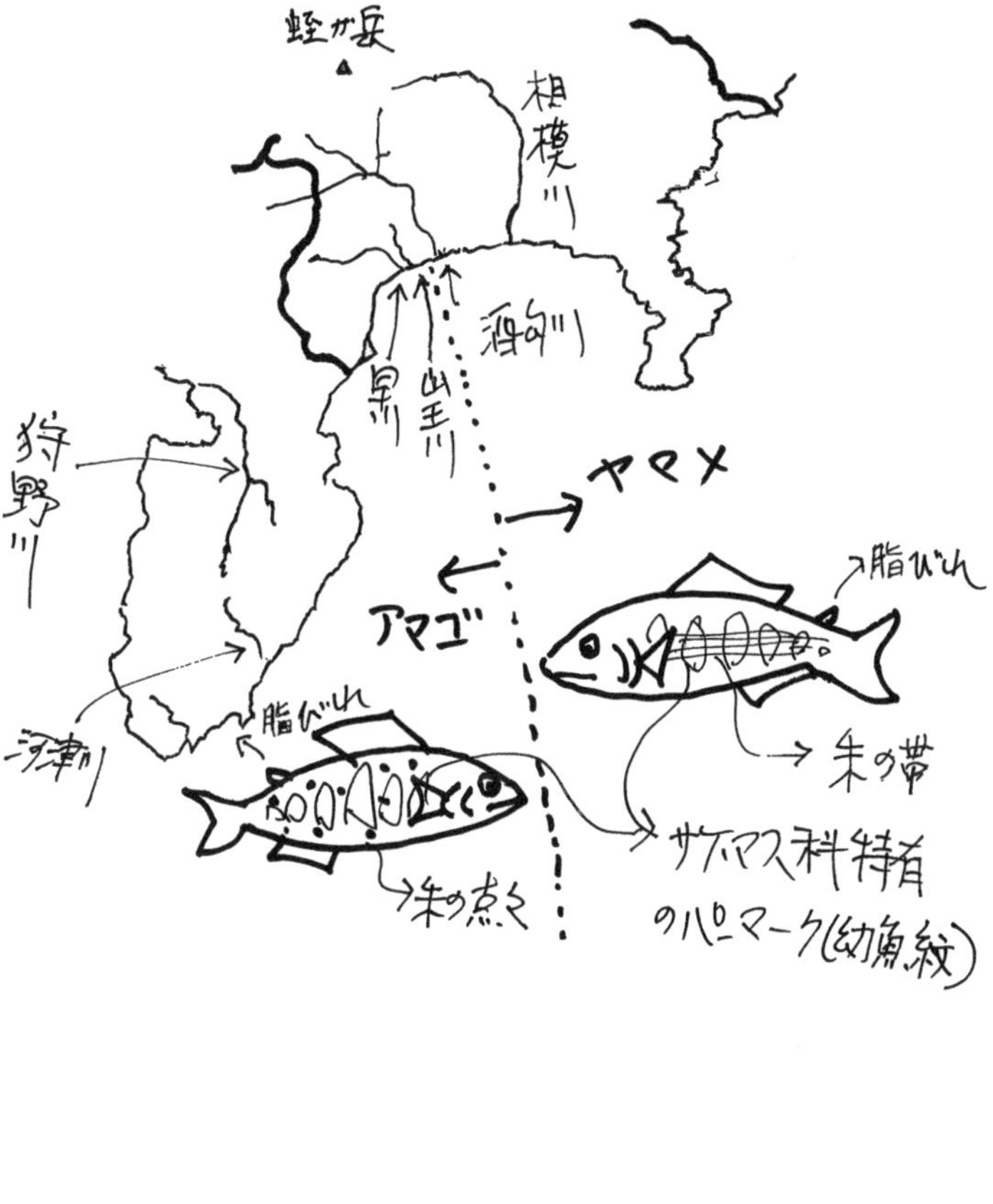
蛭ヶ岳
相模川
酒匂川
早川
山王川
狩野川
河津川
ヤマメ
アマゴ
脂びれ
朱の帯
脂びれ
朱の点々
サケマス科特有のパーマーク(幼魚紋)

渓流釣りは、林道の整備で源流部にも簡単に入ることができ、深山幽谷《しんざんゆうこく》の趣が消えた場所が多く、残念だ。また、ルアーを使っての釣りも盛んになった。手甲、脚絆《きゃはん》、編み笠という出で立ちも見られない。

私のように食べるまでが釣りというスタイルは、渓流釣りでは特に少なくなった。テントを張って、焚火をし、ワタを抜いて塩を振った魚を棒に刺して、焚火の周りに立ててじっくり焼けるのを待つ。石に腰掛け、火と焼ける魚を見つめ、頭の中にはその日の釣りが蘇《よみがえ》る、一期一会の時が過ぎゆく。今では非常に懐かしい。

釣りはルアーでのキャッチ・アンド・リリースの「スポーツ」になりつつあるが、私は「道」としての渓流釣りを求めていきたい。

光

私の記憶では、ゲーテは臨終の際、「もっと光を」と言ったとされる。偉人の言葉には深い意味があると思われ、この言葉も世界には暗く、恵まれない所もあり、そこにもっと光をあててほしい、というような解釈も生まれる。本当のところは、ただ部屋が暗かっただけと思う。

一方、私のような者だと、例えば「もっと食べ物を」と言ったら、世界で飢えに苦しむ人に食糧を、などとは到底思われず、「あいつは死ぬ間際まで、食い意地がはっていた」となる。

太陽からの光は、地球上の生き物ほとんどすべてにとり、死活に関わる重要な要素だ。太陽からの光エネルギーは、まず植物が取り込み（固定）、そのエネルギーを動物が利用している。海ではまず植物プランクトンが太陽エネルギーを取り込み、動物プランクトン、小魚、大きな魚とへと循環していく。

陸上では緑の植物から始まる。稲作の出来が重要であった日本では、太陽を「お天道様」と呼び、いかに重要であるかを継承してきた。冷害は常に恐れられ、夏の快晴は「一照り百万石」と喜ばれた。

それが最近は忘れられている。周りの新築の家はどれも、庭には草一本生えないようにしている。コンクリートで固めるか、厚いシートを張った上に砂利を敷いている。草一本生やさないという態度だ。この先ここら辺では、秋にもコオロギの声を聞くこともないようになると思う。

私はコオロギの声を聞くと、秋はそこまで来ていると、夏の暑さに耐えられる気が湧く。コオロギの鳴く声は徐々に盛んになり、やがて少なくなり、秋の深まりを感じさせ、十一月頃、最後のコオロギの消えるような鳴き声は、心に沁《し》みる感がある。

庭が土だと雑草が生え、蚊も多いかと思うが、季節の花が咲き、美味しい野菜も採れる。太陽のエネルギーが植物に利用され、周りを温めることなく、かえって涼しくしてくれる。

雑草や虫で面倒なことが多いかもしれないが、それが人生だとも言える。何事も逃げていれば、人生の大切なことを逃《のが》してしまう。庭の草むしりで汗を流したあとの、夕方の涼風の中でのビールは、エアコンの効いた部屋で飲むビールの何倍おいしいことか。

コンクリートや砂利では、太陽光は利用されることなく、コンクリートや砂利を熱くし、熱が空間の温度を上げ、とても外にはいられず、エアコンの効いた室内に逃げ込まざるをえない。

植物との触れ合いのない子供は、虫、トカゲ、ミミズ……を嫌い、あるいは恐れるようになる。子供たちを見ていると、自然の中にいるどの子も元気溌剌、顔が輝いてくる。また、庭の花、野菜は、通りがかりの人との会話を生み、地域のつながりに貢献する。

しかし、「それがいやなのよ」と言う人も多いかと思う。已《や》んぬるかな。

馬

乗馬は好きで、近くの乗馬クラブでレッスンを受けたり、引き馬（客を乗せて馬場を回る）を手伝ったりした。林間を行く外乗は、適当な場所がなく残念ながらできなかった。引き馬はあちこちのイベントにも参加した。馬は群れを作る動物なので、それぞれ群れでの順位が決まっている。そうしないと、いつまでも馬の中に軋轢《あつれき》が残って、無駄な労力を使うことになる。

そこの乗馬クラブには、最初二頭の馬がいた。二頭の間でも順位ははっきりしていた。そこにもう一頭加わったが、早速力比べで順位が決まり、新入りがトップについた。ある時、イベントに参加するため、友人が順位の下の馬を運搬車に乗せようと手綱を引いたが、馬はいやだよとばかり動こうとしなかった。友人は言うことを聞かせようと、力を入れて引いたところ、馬もいやだよと後退《あとずさ》りした。すると、手綱が指の間に食い込むけがをしてしまった。馬は順位が下の俺が先に乗るわけにはいかないというのだ。馬の力がいかにすごいかを知った。

小淵沢《こぶちざわ》にある乗馬のできるペンションには、女房とよく出かけた。ペンションの馬場でのレッスンは、乗馬の基本を身につける重要な訓練だが、単調で気がすすまなかった。リズム感が悪いので、なかなか上達しなかった。

そのほか乗馬に関する、もろもろのことを教わった。頭絡（頭部につける馬具）のつけ方、鞍《くら》のつけ方、蹄鉄《ていてつ》の掃除、馬房から馬を誘導することも手伝った。

蹄鉄の掃除は注意が必要だ。後ろから近づくと、蹴られる危険性があるので、横から近づき足を抱えて、くるぶしの所でひっくり返して、蹄鉄の間にある泥や小石をかき取る。この時へたをすると、馬が体重をかけてくる。二〇〇キロを超える体重をかけられては、耐えきれないので押しやるようにする。馬はこの男は新米かと、わざと寄りかかってくるので、なめられないことだ。

ある程度馬の制御ができるようになると、外乗が可能になる。外乗はインストラクターが先頭を行き、何頭か客が続き、殿《しんがり》もインストラクターが務めて、さらに馬糞《ばふん》（「ボロ」という）を拾う車がついていくのが正式のスタイルだ。外乗は一般道や野原を、歩いたり走ったりすることで、気分爽快だし、高い所から道行く人を見下ろすことになり、優越感も得られる。ただし、交通事故など危険性もあるので、最低限、馬を確実に止める技量が必要だ。

馬は外乗に出ると、道端の草や木の葉を食べたがる。馬はまず身体を寄せて、それから道草を食べるので、身体を寄せそうになったら、手綱を引いて止めないと、道草を食べて進行が乱れる。冬の小淵沢の森を十頭以上の列で外乗した時は、そこが信玄棒道だったせいもあって、気分爽快だった。鞍にまたがっていると、馬の体温が伝わってくるので、寒くはなかった。

ある外乗の時、小さなペンションだったので、「水野さん、殿《しんがり》をお願いできますか」と言われた。私は悪い癖で「男」がすぐに出る。「男がたたない」「男のすることじゃない」……だ。この時も「頼まれて断るのは、男じゃない」と引き受けた。

私の乗った馬の前に順位が下の馬がいた。私の馬は、「お前が俺の前にいるのは十年早い」とばかり、盛んに抜きたがる。ここで殿を明け渡しては、男と男の約束が守れない。並足の時は、そのつど手綱を引いて殿を保てた。外乗の時、速足《はやあし》の場所は決まっているので、そこにさしかかると、合図をしなくても馬は一斉に駆け始める。林間なので馬は平気だが、人間の頭にはぶつかりそうな木の枝もあり、それを避けながらの駆け足になる。

駆け足になったとたん、私の馬は抜くチャンスとばかり、それこそ馬力アップで猛然と駆ける。こちらは殿を任されているので、手綱を引いて抜かせまいとする。私の馬はさらに力を入れる。こちらはもう必死だ。弓なりになって手綱を引く、馬の背と私の尻がこすれる。

ようやく、殿を維持してペンションにたどり着いたが、尻の皮がぺろりとむけていた。ここで泣き言を言っては男じゃない。尻に手をやってつぶやく、「男はつらいよ」。

馬具

、馬への指示は、足で腹をしめたり体重移動がまり。

エサやり

手の平にのせる◎

これだと噛まれることがある。×

ウナギ

ウナギは稚魚（シラスウナギ）が河川に棲《す》み着いて、十年くらいで親になる。すると産卵場所である、日本の遥か二〇〇〇キロ南のマリアナ諸島沖の深海を目指して、永い旅に出る。

最近までウナギの産卵は謎だった。抱卵したウナギが見られなかったので、山芋が変じてウナギになるなど珍説が横行していた。これは細長い形と、どちらもぬるぬるという共通点から来ていると思う。

ウナギの卵は孵化すると、レプトセファルスという、透明でぺらぺらの形になり、黒潮に乗って日本近海に来る。その頃になると、シラスウナギといって、ほぼ形はウナギと同じになる。私も四十年くらい前、冬の夜、引地川《ひきじがわ》の河口にシラスウナギを掬いに行ったが、二時間ほどで五、六匹しか捕れなかった。当時すでにシラスウナギは激減していたのだ。

もう五十年以上前、近くの長さ一キロ程度の川にもウナギが棲息していた。現在は暗渠になってしまったが、当時は川の両岸は石を積んで出来ていたので隙間があり、そこに昼間は潜んでいて、夜、餌を捕りに出てくる。当時はどこの川にもウナギがいた。またウナギは湿っていれば、陸上でも這《は》って移動できるので、魚止めの滝（落差があり普通の魚はその上には登れない）の上にも棲息できる。ある時、源流のもう水はない湿った落ち葉の中にもウナギがいて驚いた。

現在はそんな源流の近くも、いわゆる三面張りになっていて、昔は棲息していたドジョウ、ヌマエビ、ヨシノボリ……は全部いなくなった。もちろんウナギは棲《す》み処《か》もないし、エサもいないので棲息できない。ウナギの稚魚シラスウナギが不漁になって久しいが、原因はこのような零細な川の三面張り化が大いに影響していると思う。規模は零細でも数は膨大だ。

また、大きな川でも河川改修工事のたびに、ウナギの棲み処が奪われている。川の中の大きな石が流れから除かれ、小石ばかりのザラ瀬にしてしまう。大きな石が多い場所は、ウナギの棲み処に向く隙間があるのだ。アユ、オイカワ、ハヤなどの魚やテナガエビにとっても、大石があり、瀬もあるという川の方が住みやすい。そしてそれらの魚はウナギのえさでもある。

河川改修工事を見るたびに、私は、単に水害防止の観点ばかりでなく、本来の川の姿を保存するという視点も絶対に必要と思う。それには工事設計に生態学の専門家の関与が不可欠だ。ほかの土木工事でも生態系への配慮がなさすぎる。

ウナギ

産卵から川へそ上するまで

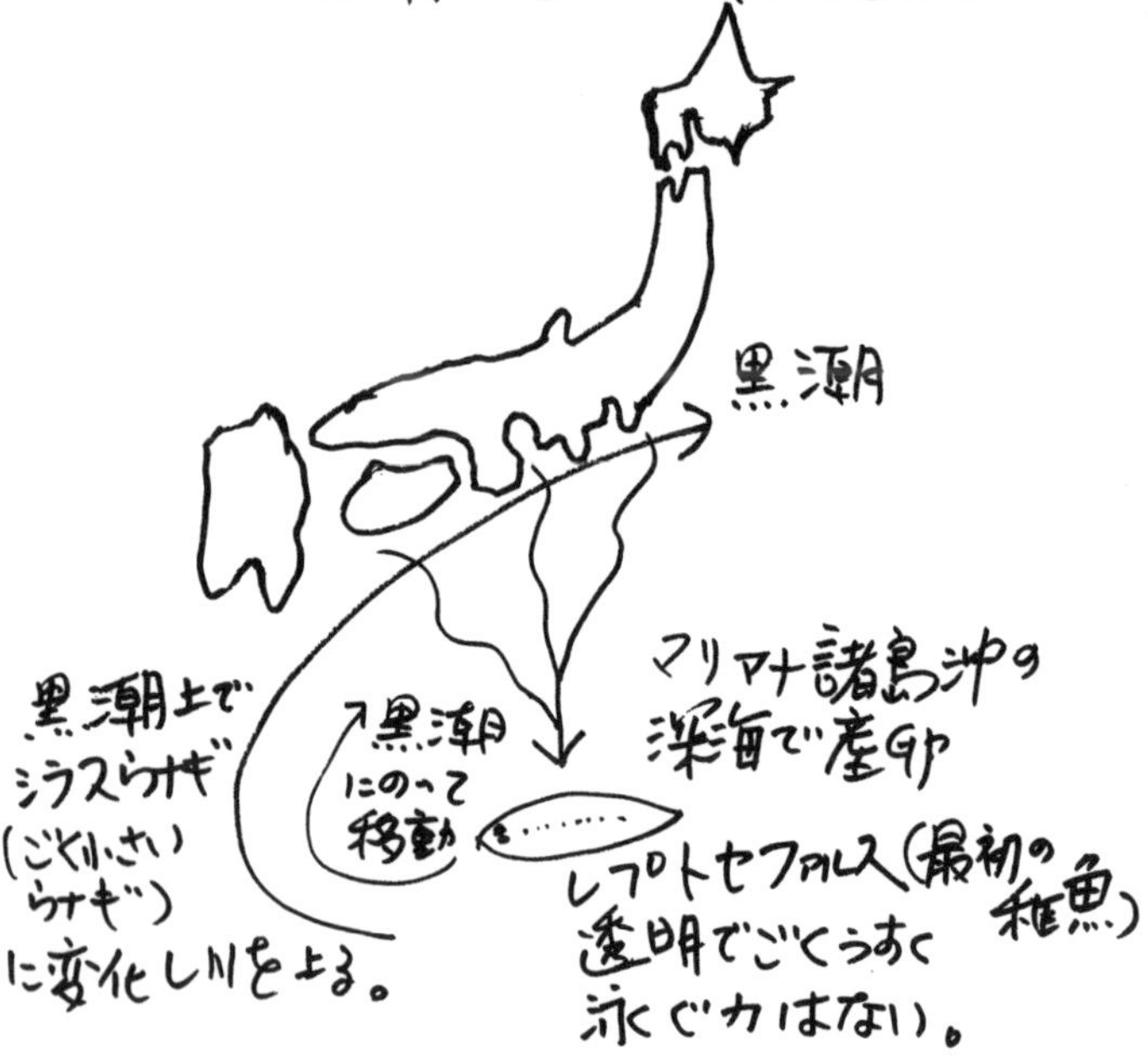

黒潮
黒潮上で
シラスウナギ
(ごく小さい
ウナギ)
に変化し川を上る。
黒潮
にのって
移動
マリアナ諸島沖の
深海で産卵
レプトセファルス(最初の稚魚)
透明でごくうすく
泳ぐ力はない。

穴づり具

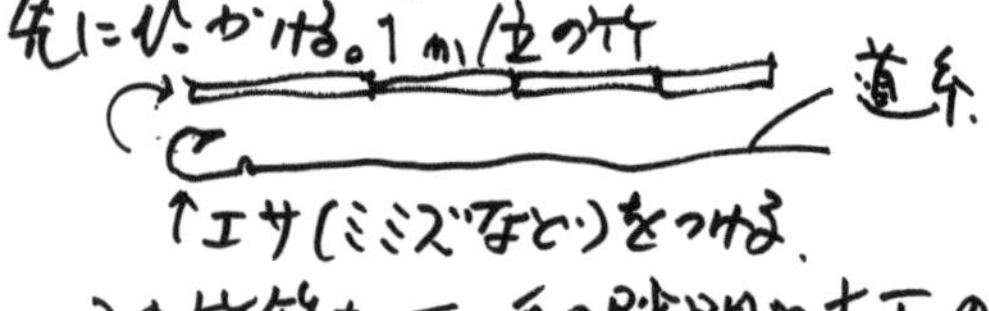

先に仕かける。1m位の竹
道糸
↑エサ(ミミズなど)をつける。

この竹竿を石垣の隙間や大石の下へ
つっこんで、食わせる。

ウナギを捕る方法は、いろいろある。漁師は筒を沈め、ウナギがよいねぐらだと入ったところで掬い取る。変わった方法では、石をたくさん積み、しばらくして周りを取り囲んでから、石をどかして中にいるウナギを捕る方法もある。

一般の人は釣りとなり、夜間の投げ釣りが主だ。エサは落ち葉の積もった所にいるドバミミズを使うが、子アユがベストと聞く。夕方、エサを付けた釣り針を川に流しておき、次の日に引き上げる方法もある。

そして穴釣りだ。ウナギは昼間、石の下や、石垣の隙間などに潜んでいるので、そこを狙う。穴釣りは長さ一メートルほどの細竹の先端に、餌を通した針を引っ掛ける。もちろん針には釣り糸が結んである。ウナギが潜んでいそうな穴や石の下に竹の先を差し込み、グッと来たらすかさず引き抜く。もたもたしていると、体をくねらせたり、くぼみに身体を入れたりして、なかなか出てこない。

ウナギの食べ方は、やはり蒲焼《かばやき》がよい。それも関東風の蒸してから焼くのが好きだ。

縄張り

私が助言に行く小学校に、シートで作った二十五平方メートルほどの田んぼがある。毎年もち米を栽培し、スズメに穂を食い荒らされて収穫がない年もあったが、多い年は十二キロもとれ、生徒と二回に分けて餅つきをした。

狭い田んぼだが、生徒は田植え、稲刈り、脱穀と、ひととおりの作業が体験できる。初めて田んぼに入ることになり、最初はいやがっていた生徒も、慣れるとドロまみれではしゃぐようになる。これが本来の子供の姿と思う。

田んぼがあることで、二月にはアカガエルが産卵し、三月にはヒキガエル（ガマガエル）が産卵する。カエルになって山に戻るまでは、田んぼはオタマジャクシで大賑わいになる。生徒は田んぼを覗いて、「後ろ足が生えた。今度は前足が生えた」など興味の尽きることがない。また、ツバメが巣作り用のドロを、頻繁《ひんぱん》に通いくわえていく。

トンボも常に飛び回っている。シオカラトンボ、アカトンボはいつもいるが、ギンヤンマ、イトトンボはたまにしか見られない。シオカラトンボはオスで、メスのムギワラトンボが来るのを待っている。アカトンボもオスが田んぼにいて、メスのアカトンボが来るのを待っている。ギンヤンマはたまにメスが飛んできて、産卵してまた飛び去る。

シオカラトンボとアカトンボは縄張りを構えており、それを守るためパトロールしている。観察しているとシオカラトンボは、四、五匹がその田んぼに縄張りを持っており、自分の縄張りにライバルのシオカラトンボが入ると追い払う。ただし、アカトンボのオスが入ってきても、ライバルでないので無関心だ。ムギワラトンボがアカトンボのオスに恋することはないからだ。

縄張りには、このように（一）配偶者を目当てにしたものと、（二）縄張り内の食料を一人占めするため、および（三）その混合の三種がある。
（一）春になるとウグイスが「ホー、ホケキョ」とさえずるが、これはオスが縄張りを宣言して、メスが来るのを待っているのだ。鳥のさえずりの多くは、この縄張り宣言だ。オットセイやゾウアザラシのハーレムも同様で、ほかのオスが縄張り内に入ってくれば、その縄張りの主は激しく追い払う。魚は多くの種でオスが縄張りを作り、メスが来るのを待っている。
（二）食料を独占するために、縄張りを張る代表はアユだ。アユは石が散在する一平方メートルくらいの縄張りを構え、そこの石に生えるコケ（藻類・通称アカ）を独占する。外からコケを食べに来ると縄張りのアユは、オス・メスかまわず激しく追い払う。また、コケを食べるオイカワなどはもちろん、コケを食べないヤマメなどの肉食魚も追い払う。

自分より大きな相手でも果敢に追い払う。

（三）さらに両方の性質を併せ持つ縄張りがある。例えばライオンだ。ライオンの群れは、一～四頭くらいのオスが縄張りを守っている。縄張りに外からオスが侵入すれば、群れのオスは命がけで追い払う。また、縄張りのなかには、ハイエナ、チーター、ヒョウなどの肉食獣がおり、エサの草食獣をめぐって争いが絶えない。ライオンはハイエナを特に警戒しており、ハイエナに隙があれば襲うが、ハイエナの群れに囲まれて襲われることもある。

チンパンジーもこのタイプで、群れの間の争いは熾烈《しれつ》だ。ただ、ごく近い種のボノボ（ピグミーチンパンジー）は、違う群れが接触すると、緊張を和らげるために、あちこちで違う群れのメンバーが入り乱れて、なんでもありの疑似セックスを始めて、争いには至らない。ちなみにボノボは、極めて高い知能を持つことで有名だ。この二種は大河を挟んでおり、接触することはないそうだ。

さて、人間の世界はどうだろうか。まず暴力団の縄張りは、資金源の確保のためだから、（二）の範疇《はんちゅう》と言える。役人の縄張りは、自分の仕事を確保するのが目的であり、同じく（二）だろう。家庭となるとやや複雑だ。ほかの男が入ってくるのは阻止したいという意味で（一）だろうが、食料を確保する意味合いもあるので、（三）とも言える。最近は家庭の形成は多岐にわたり、シングルマザーも多いし、独り者も多い。つまり縄張りの形態はいろいろだ。

ライオンやチンパンジーの群れのリーダーは、常にオスだが、ハイエナはメスがリーダーだ。人間の場合は、リーダーは性別では決まっていないし、時代で変化してきた。機械化が進む前は、物理的な力がものを言うので、縄張りのリーダーは男だった。

こんなことを言うと、今では知らない人の方が多いと思うが、昔、太平洋戦争が終わって、戦後強くなったのは女性と靴下と言われた。靴下はナイロンの登場で、木綿の靴下に比べて丈夫になり、女性は参政権を得たことと、男手が戦争で失われ必然的に活躍せざるを得なかったため強くなった。

最近は女性の力がさらに増大し、女性がリーダーの家庭が増えてきたと思う。これには二つの理由がある。一つはどこでもコンピューターなので、コンピューターを使いこなすのが重要だ。そこでは物理的なパワーは必要とせず、男の優位性はなく女性も対等に戦える。プログラミングに腕力は関係ない。

もう一つの要因は、給料の口座振込がある。昔、給料は亭主が職場から持ち帰り、自分の小遣いを抜いて女房に渡していたものだ。この時、女房はさすがに「このうすのろ、早く渡しな」とは言わず「ご苦労さま」と言ったものだ。しかし、口座振込になると、家計を握っているのは女房で、女房の口座に振り込まれるのが普通だと思う。そうなると亭主は、女房から小遣いをもらうかたちになり、がぜん女房が強くなる。

「おい、小遣いをくれ」「いくら欲しいの、パチンコなどに使っちゃダメよ」となる。

こうなろうと予感していた私は、事務職員から「水野さん、給料を口座振込にしてください」と言われた時、硬貨だけ振込にして、お札は従来どおり手渡しでもらっていた。現在も、年金は私の口座に振り込まれ、私の小遣いを抜いて女房に渡している。

刑務所 2

刑務所が警戒しているのは、病気と脱走だ。病気に関しては、具合が悪ければすぐ医者に診てもらえるし、夏などは作業中の水分補給に気を配っている。

また、プライバシーにも配慮している。外で作業中に、民間のゴミ収集車が塀の中に入ってくると、刑務官が「みんな背を向けろ」と言って顔を見られないようにしている。私も背を向けたら、「先生は背を向けないでいいです」と言われた。

最も警戒しているのは脱走だ。しかし、脱走はまず不可能だと思う。塀の中で園芸の指導をしていたため、服役者がどのような環境で過ごしているかが分かっているからだ。彼らは窓には鉄格子がある部屋で寝ており、たとえ万が一部屋から出られても、高さがたぶん四メートルはあるコンクリートの塀が取り囲んでいる。また当直の刑務官もいるからだ。

園芸実習の際、トマトを栽培するのに竹を支柱にしたが、束ねてつなげて脱走に使われる可能性があるということで、裂け目を入れられ、ビニールトンネル栽培では、紐でビニールトンネルを留めたら、やはり脱走に使われる可能性があるとのことで、短く切られてしまった。いずれも年配の刑務官が行ったが、若い刑務官とは心配の度合いが違うようだ。

私が刑務官から聞いた話だと、昔、鉄道沿線にあった刑務所で、電車が通る際の騒音に合わせて、トイレの天井を頭突きで破壊した服役者が脱走したことがあったそうだ。しかし、彼女に会いに行ってすぐ捕まったとのこと。

ある時、園芸の作業中に広島の刑務所で起きた脱走が話題になった。このケースはたまたま工事で、足場が塀に沿って組んであったので、外へ出られたらしい。

私の講座生にNさんという服役者がいた。彼は金持ちの「ボンボン」とのことだが、講座中次々と質問をして、話が進まないほどだった。就農の意欲もあり、就農するにはどれくらいかかるかと聞いてきたので、非農家が市街化調整区域で農地を買うには、一度に大量に買う必要があり、農機具とか作業小屋などで、この辺では一億円くらいはかかるのではないかと言ったら、そのくらいは何とかなるとのことだった。

そのNさんが、

「あんなこと（脱走）しても、こんな服（薄緑色の上下）を着ていればすぐに脱走者とばれて、捕まってしまうのに」と言うと、一緒に講座を受けている者が、

「家に入って着替えるんだよ」「それ泥棒じゃん」

そして一同顔を見交わした。俺たちの仲間には泥棒がいるんだとばかりに。

Nさんは、金に困ることはないので、泥棒など考えもしないのだ。たぶん暴力沙汰で

入っているのだろうと思った。

Ｎさんが講座に来なくなって、そばの部屋の中から、「先生ありがとうございました」と声がした。やっと仮釈（仮釈放）になったらしかった。しかし刑務官に「話しちゃだめだ」と制止された。

講座の中で「外に出たら今でも遅くないから、結婚したら」と勧めたことがあるが、今はどうしていることやら。

蝉《せみ》の声

私が住んでいる「逸見《へみ》」の街は、周りを低い山が取り囲んでいる。そのため夏になると、朝からあらゆる種類のセミの合唱、ウオーンという鳴き声が充満して、いかにも夏だなと思わせた。春にはコジュケイ（朝鮮キジ）の、「チョットコイ」の声が、周り中から聞こえてきた。

子供の頃、夏になると、毎日山に行ってセミ捕りをした。その時、家の改築工事をしていたが、棟梁《とうりょう》から、「のぶちゃん、セミの佃煮《つくだに》をつくるの？」と言われたほどだった。

その当時、この辺でクマゼミは、ひと夏に二、三匹しか現れず、クマゼミの声を聞くと、夢中になって山じゅう追いまわした。一度だけ捕れて、その黒光りする姿に興奮した覚えがある。地球温暖化のこの頃、クマゼミはこの辺でもごく普通のセミになってしまった。

そのセミの声が最近は格段に減っている。周りの山が何か所も急斜面改良工事で、木が切られてコンクリートの崖になってしまったからだ。熱を吸収していた林は、熱をまき散らすコンクリの壁になった。小さい規模とはいえ地球温暖化防止の逆方向だ。

崖の崩落防止なら、林を温存して防ぐ方法もある。木は込み合うとやたら上に伸びたがる。その結果、高さの割に根の張りが十分でなく、強風で倒れやすくなる。だから、木を間引いて、横張のある樹形にすれば、根も広い範囲に張り、土を抑え、強風にも倒れにくくなる。また、林があれば大雨に見舞われても、一時的に水を貯めることもできる。コンクリートでは、すぐ川の増水になる。

急斜面改良工事を始めた頃は、関係する家が多く費用対効果は高かったが、何年も続けると問題のなさそうな箇所もコンクリートで固めることになり、費用対効果は落ちてくる。横須賀市内は特にコンクリートの崖が目立つ感がある。市役所は、横須賀市じゅうの崖を、コンクリートで固めないと気がすまないようだ。

これには業者の存在もある。請負業者は当然毎年工事を請け負いたいはずだ。現場の作業員にとっても慣れた仕事になり、会社は毎年安定した収入が見込める。

市会議員にとっても、地元に工事を持ってきたと、票固めにプラスとなる。私も公務員だったので理解できるが、予算は「前年比九十五パーセントや一〇〇パーセント」とくる。見直しなど面倒なことはなるべくしたくない。見直しをしなければ市役所、業者、市会議員三方丸く収まる。問題は適当な場所がなくなってくることだ。それでもなんだかんだ言って、林を丸裸にしていく。

これは現代のピラミッドだ。ピラミッドは最初小さいものだったと思う。しかし、次々と作られるうちに、対抗心で前よりも大きく大きく、となり、最後は途方もない大きさになったのだと思う。その工事に関わる膨大な人は、仕事がなくなると収入がなくなり、困って大きな社会問題となる。そのため役人は、とりあえずもう一年、もう一年と先延ばしし、生活するうえで必要なものを作らず、不必要なものを生産する巨大な人の群れを養って財政の破綻につながったと思う。

しかし、ピラミッドは今や観光名所として、エジプトにほぼ永遠に莫大な働き口と収入をもたらしている。横須賀市のコンクリートの壁は、観光客を呼びこむことはないだろうし、夏の暑さを助長することは間違いないと思う。ただセミが少なくなって、静かになったと喜ぶ人もいるかな……。

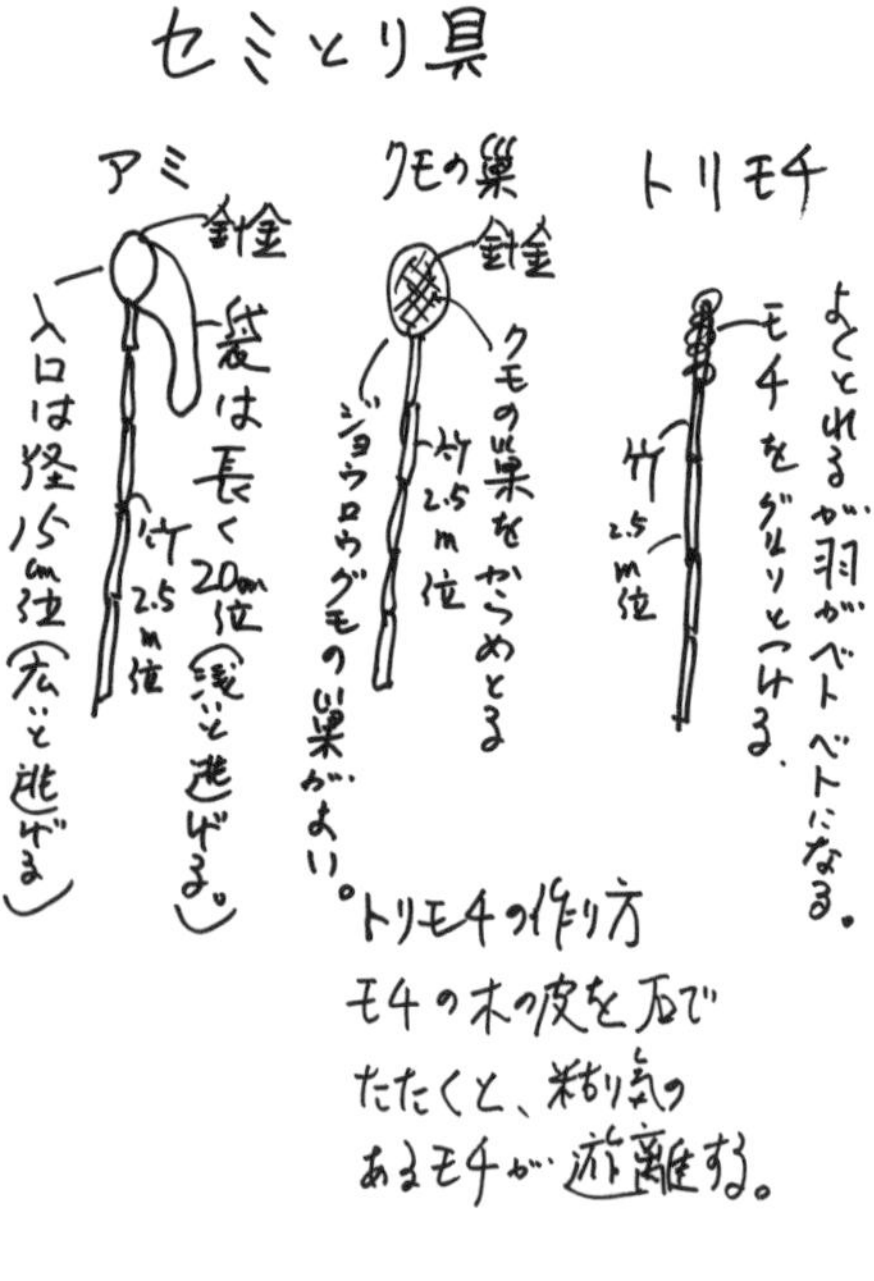

妄想・日本ブタ教

昔、いい加減な新興宗教が、世間の耳目を集めた。莫大な資金が集められ、美女が教祖を取り囲んでいた。私は呆《あき》れたが、こんなことで信徒を集められるなら、私にも可能だと思った。

まず教祖になるには、ストーリーを組み立てる必要がある。出だしはこうだ。

人間いかに生きるべきかに悩み、放浪していた私は、ふと豚小屋が目に入り、思う。

「ブタはいずれ食べられてしまうのに、元気溌剌に食べて、寝て、幸せそうで屈託がない。そうだ、ブタのように生きればよいのではないか」

ここが肝心なところだが、「ええ？　そんなことをしたの」と言わせしむる行動に出る必要がある。いやだが、ここは教祖になるために我慢だ。豚小屋で一年間ブタと一緒に寝起きする。

そこで悟る。「人間、ブタを手本に生きるのだ」。「日本ブタ教」の誕生だ。

次に布教だが、自分でべらべら喋ってはだめで、「ひょっこりひょうたん島」に出ていたドン・ガバチョのような、あるいはタレントT・Jのように、やたら口がよく回る者を雇い、宣伝はもっぱらその男に言わせる。

「教祖様は深い深い悩みの果てに、日本豚教を立ち上げた尊いお方です。この教えに従えば悩みはたちどころに消えます。南無日本豚教、ブウブウ」

そして、修行はブタのお面をかぶり、歩道を四つん這いでブウブウ言いながら行進する。初めは恥ずかしさで震える想いは、いつしか快感となり、心は晴れ晴れ、悩みは吹き飛び、ブタの先祖イノシシの如く猪突猛進する。

マスコミにも取り上げられ、世間の知るところとなる。ほとんどの人は鼻先でせせら笑うだろうが、それが肝心で、「皆さん清く美しく生きましょう」などと言っていては、誰もついてこない。つまりあまりの馬鹿らしさこそが、ごく一握りの人には「ドキッ」とくる。すかさず信徒に囲い込むというわけだ。

こうなればしめたもので、おきまりの毎月の献金を課し、拒めば「お豚大明神の祟《たた》りがある」と脅す。こうして全国に一万人の信徒を獲《え》て、毎月の献金額は五〇〇〇万円、ウハウハの生活が送れる。

しかし、実行することはなかった。私は、金儲けには興味がないからだ。

ガキ大将

もう六、七十年前、放課後の下町の公園は小学生以下の子供達で賑わっていた。

当時はどこの家にも、子供が三、四人はいた。そのころテレビはなく、暗くなるまでは外で遊ぶしかなかった。

人数が多かったので、一組五、六人の二組で行う母艦水雷や、ひょうたんなどの遊びも盛んだった。この他、人数が足りないときは、メンコ、ビー玉、チャンバラ、相撲などが遊びの定番だった。

よく遊ぶ子供達のグループには、いわゆる「ガキ大将」がいた。ガキ大将はただ体力、腕力があるだけではだめで、仲間内の揉め事を治める能力が必須だった。弱いものいじめや、寄ってたかってのいじめを止めさせる力量のない者は、ガキ大将とはなれなかった。

「おい、卑怯なことをするな!」と一喝で止める力だ。

最近、小中学校でいじめが問題になるが、当時の小学校には、児童から一目置かれる存在の児童がおり、質の悪いいじめは、その者が制止した。それ故、いじめが原因での不登校などまずなかった。いわんや自殺など、考えられなかった。

子供達のグループは遊び場単位で作られて、大きい町内だと公園も多く、複数のグループがあり、それぞれにガキ大将がいた。大体は中学生になるとグループを抜けて、次のガキ大将が生まれる。

最近は「卑怯」という言葉をほとんど聞かなくなっている。卑怯なことに対して、「やってはだめだ」という感覚が麻痺してきているのだ。これは国会議員の影響が大きい。国民に範たるべき大臣や首相までが、国会答弁で「記憶にない」とか「秘書に任せてある」とか、卑怯な答弁が横行している。彼らは、決定的な証拠が出るまでは、その答弁で押し通す。トップの者も、結果的には「うそ」だった答弁を、頬かむりで済ましていた。また、国会の運営も国のためでなく、党利党略が最優先だ。そのため卑怯という言葉が死語化し、子供達も、「おまえ、弱いものいじめをやめろ」とか、「寄ってたかって一人をいじめるのは卑怯だ」など言わなくなっているのだと思う。

アメリカの前大統領トランプも、自分に都合の悪いことは、フェイク（嘘）だと卑怯なことをいつまでも主張している。さらにそれを許している大人の社会がある。大人の世界の歪みが、子供の世界に悪い影響を落としているのだ。

どうすればいいのかと言われても、これという解決策は見当たらないが、少なくとも何事も自分で考えて、行動することが第一歩だと思う。

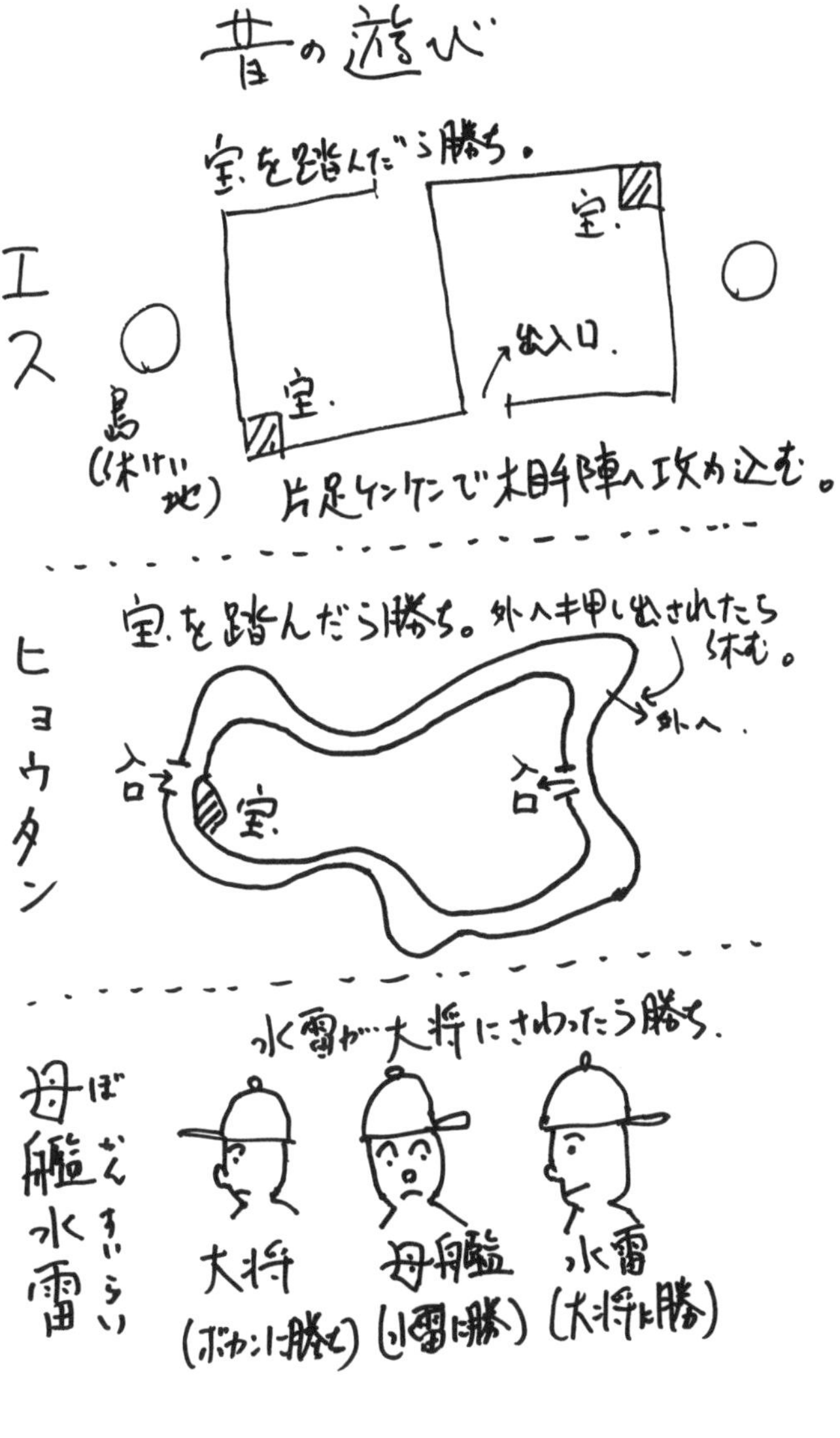
昔の遊び
エス
宝を踏んだら勝ち。
宝
宝
出入口
島（休けい地）
片足ケンケンで相手陣へ攻め込む。
ヒョウタン
宝を踏んだら勝ち。外へ押し出されたら休む。
外へ
入口
入口
宝
母艦水雷
ぼかんすいらい
水雷が大将にさわったら勝ち。
大将
（ボカンに勝ち）
母艦
（水雷に勝）
水雷
（大将に勝）

穴釣り

将棋に「穴熊」という戦法がある。王を隅におさめて、周りを守り駒で隙間なく囲み、大駒（飛車、角）で攻めるという方法だ。王は全く身動きができないが、守りが堅いので、簡単には取られないというわけだ。

このように安全なところに潜り込み、一生そこを動かない生き物は多い。貝の仲間には、石に穴を開けて、そこに潜り込み、一生そこで過ごす貝もいる。海岸に行くと、穴が開いている砂岩を見かけるが、この穴はその貝が開けたものだ。ウチムラサキ（別名大アサリ）も、多い時は、岩のくぼみに五、六匹ぎっしり入って、身動きが取れないほどで、タコもなかなか手が出せない。そのタコも、岩の窪みに頭（じつは胴）を入れ、吸盤を入り口に向けている。トコブシ採りで窪みに手を入れると、吸盤で吸い付いてきて存在に気がつく。

ハンミョウという甲虫がいる。体長は二十ミリ程度、緑、赤、紺、白の模様が背面を彩り、光沢があって美しい。山道でハンミョウに遭遇して、追いつくと前方に飛んで降り、また追いつくと、また前方に飛んで降りを繰り返す。これゆえ「道教え」という異名がある。

ハンミョウは肉食性で、幼虫もまた肉食性だ。土手などに直径四ミリ程度の穴を掘り、穴の中に潜んでいて、近くを通る昆虫などの小動物を穴に引きずり込んで食べる。穴に潜っていれば、自身は安全というわけだ。

ハンミョウの幼虫を釣る「ハンミョウ釣り」という遊びがある。ノビルの葉を採ってハンミョウの穴に入れると、幼虫が噛みついてノビルを上に持ち上げてくる。そこでそーっとノビルを引っ張ると、ノビルに噛みついた幼虫が釣れる。幼虫は細長く黄色で、いかにも魚が好きそうで、ヤマメやイワナのエサにうってつけだ。

ある種の野鳥は、カミキリムシの幼虫（テッポウムシ）を釣る技術を持っている。長さ、太さがちょうどいい枝をくちばしで器用に作り、テッポウムシがいる穴に棒を差し込み、つつく。するとテッポウムシが枝に噛みつく。そこで静かに枝を引き上げ、テッポウムシを食べるのだ。

また、内海の河口近くで潮干狩りをすると、直径二、三センチのまん丸の穴が散らばっているのに出くわす。これはアナジャコの穴だ。アナジャコは体長十センチほどの大きさで、シャコよりザリガニに近い。ミソは非常に美味しい。この穴に筆を差し込むと、アナジャコが「邪魔だ」とばかり持ち上げてくる。穴の出口近くまで来たら、素早くアナジャコをつかむ。言うは易く行うは難しで、タイミングが難しい。面倒だと言って、スコップで掘ったりホースで水を注入したりするのは、労働という感じでスマートでない。自由時間は「技を楽しむ」世界にしたい。

それ故、穴の奥のような安全な場所に潜む時は、なにか気に障ることが起きても、じっとしているに限る。

夢想（夢は現実となり、現実は夢となる）

植物の成長に必要な元素を全て水に溶かした液（培養液）を、ロックウール（岩を溶かして繊維状にしたもの）などの培地（根が伸びるところ）に植えた植物にかけて栽培する方法が養液耕だ。

イチゴ狩りに行くと、最近はしゃがまずに、立ったままでイチゴ狩りができる高設ベンチ栽培の温室が多くなっているが、これは養液耕で栽培している。栽培従事者も立ったままで作業できるので、腰への負担が大幅に軽減する。また、土に接することがないので、爪の間に泥が入ることもなく、農家の若い女性には大歓迎だ。

ミツバやサラダ菜・トマトなどの野菜、花ではバラも養液耕での生産が増えている。灌液ポンプ、栽培槽、養液タンク、タイマーなど初期投資はかかるが、連作障害は防げて、計画生産が容易になるなど、メリットも大きい。何より土を使用しないので、土に起因する難しい問題が生じない。

また、ロックウールの培地は乾かせばごく軽くなるので、交換が容易だ。店産店消や、ビル地下での野菜生産や、宇宙での野菜栽培は、この養液耕になる。農業は長年の経験が重要だが、養液耕ならマニュアルに沿って栽培すれば、誰でも栽培できる。養液耕の培地は、土に比べて軽量で交換も容易なので、屋上の緑化にも適している。

ヘリコプターから見下ろすと、東京都心は緑一色だった。ビルの屋上は、養液耕による灌木、草花、野菜の栽培などの緑化が義務となり、中には牧草を植えて、ヤギを飼うビルもあった。花を植えるビルが多かったので、養蜂が盛んになり、東京は蜂蜜の生産が全国一になった。中には小さな池を作るビルもあり、トンボ、チョウ、小鳥が飛び回った。

春、ウグイスの「ホーホケキョ」の声が数十年ぶりに都心で聞こえた。大きなビルには小さな池も作られ、アマガエルが棲みつき、雨が恋しい夏の昼下がり、都心のオフィス街は、アマガエルの鳴き声が「夕立よ来なさい」とばかり響いた。ヘイケボタルの幼虫はモノアラガイをえさとしており、モノアラガイは水たまりにも棲息するので、ヘイケボタルの養殖に挑むビルも出てきた。昼休み、サラリーマンは、屋上の木陰、草原、お花畑で、小鳥の声を聴き、チョウの舞を見て、英気を養うことが定番となり、ストレスはやわらぎ、仕事の能率が向上した。

夏の夜は、ヘイケボタルの光を愛で、月を観ながら木陰や草原でビールを楽しむようになった。屋上の緑化により、太陽光で熱くなり熱を放出していた屋上は、熱を吸収するようになった。そのため都心の夏の平均温度は二度下がり、冷房のための電気代は大幅に減った。養液耕にかかる費用より、電気代の削減が大きかった。ただし、気温を下げるには、全部のビルの屋上緑化が必要なため、条例の制定となったのだ。
水木しげるが夢見た「夢は現実となり、現実は夢となる」世界だ。

天

私は、「天」という言葉が好きだ。日々生活する中で、いろいろなところに「天」が出てくる。

曰く「天網恢恢疎《てんもうかいかいそ》にして漏らさず」、「天賦の才能」、「天寵《てんちょう》を得る」、「富貴寿命は天命」だとか。そして、役人に賄賂を贈ろうとした者が、「誰も知りませんから」と言ったら、役人が「天が知っている、地も知っている」と言って受け取らなかったという話もある。このような話が伝わっていることは、昔も今も役人はいかに賄賂に弱いかを示していると思う。

唐の詩人、李白《りはく》は、

「それ天地は万物の逆旅（旅館）にして、光陰（時間）は百代（永遠に続く）の過客なり」と言っている。この「天地」は「自然」と置き換えてもよいと思う。

お釈迦様は「天上天下唯我独尊」と言ったとされる。この解釈で、自分だけ偉いのかと非難する人がいるが、お釈迦様が言いたいのは、「皆それぞれが唯我独尊」と言っているのだ。

歌の世界でも「世界に一つだけの花」とか「これがあなたの進む道」など、自分の個性を大事にしなさいと訴えるヒットソングがある。禅の世界では徹底的に、「お前は何なのだ、お前自身の体験を語れ」となり、祖師達磨《だるま》がこう言ったなど言えば、昔ならぶん殴られかねない。

夏目漱石は、「則天去私」と言っている。「天」の意味の一つは、単なる「そら」だと思う。天気予報の「天」だ。もう一つの「天」は、冒頭で触れた「天」で、悠久なる自然の摂理を指していると思う。その摂理の下で、あらゆる生き物は生きている。

孔子は晩年、滔々《とうとう》と流れる大河を前にして、

「ゆくものはかくのごときか、昼夜をおかず」と詠嘆したという。また、

「天行健也《てんこうけんなり》」とも言っている。そこには悠久の自然に対する、揺るぎない信頼・安心が読み取れる。

夏目漱石の言葉も同様だと思う。「神様」となると何か説教を聞かされそうだが、「天」にはどんなときでも、「それでよい」と優しく抱擁される気がする。

最近の人類は驕《おご》っていると思う。例えば崖をコンクリートで固めるとき、地鎮祭をしない。コンクリートで固められれば、そこに棲んでいた莫大《ばくだい》な数の生物は死滅してしまう。そのことを一顧だにしない。昔は地鎮祭をして、「生活している皆さん、この土地は私に利用させてください」と謝ってから手を付けた。

この世は人間だけのものではない、もろもろの生き物と一緒に利用しているのだという、当たり前のことがどこかに行ってしまった。これは「天に唾する」行いだ。自然の摂理に反する行為で、いつか、否、もうすでにしっぺ返しが人類に降りかかっていると思う。

蛇足だが、ひとつ提案。何かむなしいことがあったら、「我を知れるは、それ天か」と思うと、心が鎮まる。

あきの章

お多恵さん

私が県に入って二年経ち、平塚に転勤になって配属された科の現場に、「お多恵さん」という七十を越えた「おばあさん」がいた。もう五十年以上前のことなので、七十を越えた人はかなり年寄りに見えた。その頃は定年がなく七十を越えても現役だった。

お多恵さんは身長が一三〇センチくらいしかなかった。若い頃はさぞや可愛かったと思われた。仕事は種蒔きや草取り、調査補助だがテキパキとこなし、休み時間には卓球をしたり、夏には富士登山をしたりと元気だった。まだ現場の仕事に疎かった私は、「空手（何も持ってない）で帰っちゃだめ。何か持って帰りなさい」とか、「時間があったら草の一本でも抜きなさい」など、いろいろ教わった。

ある時、昔の馬耕の話をしてくれた。馬耕とは馬に土を掘り起こす道具を引っ張らせる作業で、その道具を人が押さえて掛け声をかける作業だ。

お多恵さんが、馬耕をするように言われて、馬を引っ張り出そうとするが、馬は「なんだ子供か」で、がんとして動こうとしない。お多恵さんは、これではだめと、焼酎を一杯ひっかけて再び馬房に行った。馬はまた子供が来たと無視しようとしたが、今度は鼻息荒く、しかも酒のにおいがするので、「あれ、大人か」で言うことを聞いたそうだ。

また、キツネ火の話も聞いた。

「なあ水野さん、もしキツネ火を見たら、眉に唾をつけるんだぞ。キツネは人をだまそうとしているからな」

お多恵さんは何度もキツネ火を見たが、そのつど眉に唾をつけてだまされなかったそうだ。どうして眉に唾をつけるのかと聞いたら、キツネは人をだますとき、眉毛の数を数えるそうだ。もし正確に数えられたらだまされるが、眉毛に唾をつけると眉毛がくっついてしまい正確には数えられないので、だまされないというわけだ。

オレオレ詐欺についても、テレビで「皆さん、怪しい電話がかかってきたら、眉毛に唾をつけて聞きましょう」と流したらよいと思う。

さて、キツネやタヌキが人をだまさなくなって久しいが、昔はよくあったそうだ。

私は五十年以上前、山梨県の奥道志川にヤマメ釣りに行った際の昼下がり、一休みしようと小さなよろずやに声をかけると、奥から「いらっしゃい、いらっしゃい」と声がした。しかし誰も出てこないので、もう一度声をかけると、また「いらっしゃい、いらっしゃい」と声がしたが、またそれきりだ。おかしいなと奥に入ってみると、九官鳥が返事をしていたのだ。全く人と同じだった。キツネやタヌキの古株が、擬音などを使って人をたぶらかすこともありえたと思う。

私の大好きな本は、釣り研究家、エッセイストの山本素石による『遥かなる山釣り』だ。山本素石らは、ゼニ勘定のできない者の集まり「ノータリンクラブ」を作り、主に日本全国の渓流を釣り歩き、その傍らヤマメ、アマゴ、イワナの系統、分布などを調べているが、本気で「ツチノコ」探しにも取り組んだ。

本の中身は、イワナ、ヤマメなどの釣行記と、滅びゆく山里の生活風景が叙情豊かに愛惜をこめて描かれている。夜這《よばい》の話などもあるが、キツネやタヌキが人をだます話が興味を引いた。タヌキは擬音で、チェンソーで木を伐り、倒すさまを聞かせるそうだ。これは、木こりには珍しい話でなく、よく遭遇したという。

また、山本素石らも、山小屋の屋根を叩きつける豪雨に怯《おび》え、窓をあけたら満天の星空という経験もあったそうだ。人から聞いた話には、キツネがネズミの天ぷら欲しさに、女性に化けて買いに来る話とか、夜な夜なタヌキが「こんばんは、こんばんは」と戸を叩く話が面白い。ネズミの天ぷらの話を聞いた素石さんが、実際にネズミの天ぷらを作って、山の中で一夜を明かした話も面白い。

賢明な皆さんは「馬鹿らしい」と一蹴されるでしょうが、こういう話もある。

現場の職員に右手が肩からない人がいた。酔っぱらって公用車を運転、交通事故で右手を失《な》くしたが、梅雨時などはないはずの右手が痛むという。つまり、人は現実にはありえないことも、脳の中では現実として認識するのだ。昔はタヌキやキツネの古株が、弱い電波を人間の脳に送り、だましていたのだと思う。そう解釈すると、昔に比べて膨大な電波が行き交っているなかでは、タヌキやキツネの弱い電波は全く無力になったのも頷《うなず》ける。

かく言う私の家にも、「電気妖怪」がいるのではないかと思っている。

昔、店の灯《あか》りを消して就寝すると、夜中に突然灯りがつくことが何度もあった。接触不良でしょうで片づけていた。しかし、家を建て直した今でも、再びいつの間にか灯りがつく部屋がある。グローランプのせいかなと思うが放っている。躍起になって原因究明しないのが、フーテン流だ。

ノータリンクラブが、現在どうなっているのか知らないが、「絶滅危惧種」であることは（失礼ですが平にご容赦を）、確かなことと言えると思う。「お前もだ」と言う声が聞こえたような気がした。幻聴かな？

うらやましい

私は、どんなに金持ちでも、どんなに有名でも、どんなに女房が美人でも……羨ましくないが、歌が上手な人、何か楽器が上手な人は、本当に羨ましい。私は全くだめなので。悲しいとき、寂しいとき、大きな失敗をしたとき、己を奮い立たせたいとき、うれしいとき……に歌を歌い、楽器を奏でる、とたんに忘れたい出来事は消え、うれしい気は高揚する。

小学生の学芸会で、クラス全員による合唱があった。演壇でリハーサル中、担任の先生が、

「変な声がする。水野君黙ってて」で再度合唱し、

「やはり変な声は水野君だ。本番では水野君は口をパクパクするだけで声を出さないで」

となってしまった。その先生曰く、

「水野君は音痴どころでなく、音盲だ」

また、高校の同窓会の際、二次会はカラオケに行った。気が進まなかったが、ついていった。皆ひととおり歌い、歌っていないのは私だけになった。お前も何か歌えとなり、

確か「スーダラ節」を歌ったら、隣の合唱団に入っている男に、「水野、お前わざと外したんだろ」と言われ、「そうだよ」と答えるしかなかった。

歌うのはだめだが、聞く耳は持っていると思っている。NHKの「のど自慢」は好きでよく見たが、合格者はほとんど当たった。面白いことに「何番、何を歌います」の挨拶だけ聞いて、かなりの確率で合格が分かった。うまい人は挨拶からしてうまく、音痴は挨拶も音痴なのだ。

高校生の頃、安物のギターを買って、当時流行っていた「汚れなき悪戯」など練習したが、全然ものにならなかった。ハーモニカなら何とかなるかと練習したが、これもだめだった。また、リズムをとるのもだめで、同じリズムを続けることができない。手拍子をとっていても、やがて狂ってくるのでやめてしまう。

就職した頃、クリスマスシーズンには、あちこちでダンスパーティーがあった。当時、県の通称〝チョンガー寮〟にいて暇だったので、ダンス教習所に通った。ブルースのようにゆったりした曲は、なんとかごまかせるが、チャチャチャやタンゴとなると、さまにならないなと思った。

ダンスパーティーで感じたのは、上手な人はこちらが間違っても、全く問題なしのように応じてくれるので、まるで雲と踊っているようだった。下手な人だと、こちらが間違えると、そうじゃないでしょとばかり動かない。こっちだと引いても動かない。まるで電柱と踊っているようだった。

乗馬は好きで、乗馬のメッカ小淵沢に何度も出かけた。乗馬も同じで、馬の動きに合わせて尻を上下に動かさないと、馬の背と尻がぶつかってしまう。このリズムもぎこちなかった。

こんなわけで、歌、楽器、リズムは先天的にどうしようもないと思っているが、最近は「歌の名人と音痴は紙一重」と思うようになった。歌が並の人は名人にはなれないが、音痴はひっくり返って、名人になれるかもしれない。馬鹿と天才は紙一重のように。

齢《よわい》七十九、音盲ひっくり返って、歌の名人になれるのか？

男と女

豪快さが売りの男が、記者会見で「ところでお子さんは」「男の子が三人です」。私は思う。「ははあ、この家はかかあ天下で、この男は女房の尻に敷かれているのだな」と。家でおとなしくしている分、外では虚勢を張るというわけだ。人間、ストレスはどこかで発散しないと、ストレスに押しつぶされてしまう。酒を飲んだり、パチンコをするのもこの類いだが、外で虚勢を張るのは良い方法と言える。

また、男もたじろぐ女が同じ質問で「うちは娘が三人です」と聞くと、「あれ、案外亭主関白なんだな」と思う。亭主関白だと女の子、かかあ天下だと男の子が生まれる。一姫二太郎という言葉もこのことを示唆している。

初めの子は、女の子の方が丈夫で育てやすいから、そのように言われる、という意見もあるが、私は力関係だと思っている。この「力」は単なる物理的パワーではない。どちらがリーダーシップをとっているかだ。結婚当初は、さすがに男がリードしており、女の子が生まれるが、二人目となると、亭主が「おい、夕ご飯はどうなっているんだ」と言うと、「子供の世話で忙しいのよ、何か適当に食べていて」となって女房が強くなり、男の子が生まれる。女は弱し、されど母は強しだ。もっとも最近は、結婚当初から女は強しかなと思うが、町で子連れを見かけると、やはり一姫二太郎が多い。

武士が世を治めていた時代、頭領はいかに跡継ぎの男の子を確保するかが最重要な課題だった。江戸時代になって、跡継ぎの男子がいないために、御家取り潰しになった大名家も多い。このため、まず正室は猛女を娶《めと》って男子をもうけ、跡継ぎの不安を無くし、側室にはおとなしくて、気の休まる女性を迎えることが多かった。

例えば伊達政宗の実母は、イノシシを手打ちにするほどの猛女だったたし、明智光秀の娘・細川ガラシャは、夫・忠興と食事中、粗相をした庭師が無礼討ちされても、眉一つ動かさず、食事を続けたという。

「うちは男の子が三人だから、かかあ天下だというのか」と憤慨する男もいると思うが、そう興奮しないでほしい。何事にも例外はある。また、子供の誕生時の勢力関係なので、現在を示すものではない。

また、歳をとって頭が禿《は》げるか、白髪になるかは、どちらの子が生まれるかを示していると思う。頑固おやじは大抵禿げで、ちなみに女の子。やさしい白髪の男は男の子と相場が決まっている。

私は、娘が二人で亭主関白、「三代目ガンジー」（頑固おやじ・頑固じじい）を自認しているが、周りはそうは思っていない節もある。

育種

最近、米・野菜・果物で、どんどん新しい品種が登場している。米は以前コシヒカリやササニシキが有名だったが、最近は覚えられないくらいの品種がテレビに登場している。ジャガイモでは、男爵かメイクインが定番だったが、こちらも新品種がぞろぞろ出ている。ブドウではシャインマスカットが躍り出た。

背景にあるのは産地間競争で、産地を売り込む、あるいは維持するのに、手っ取り早いのは新品種だからだ。

また、パテントの関係で、新品種を独占できることも大きい。一九八二年に、日本が国際的な品種保護制度の条約に参加して、新品種につきその育成者はいわばパテント料を、世界中を対象に徴収することが可能になった。この新品種とは育成者が国（農水省）に、新品種であると認めてくれるように申請し、国は都道府県の農業試験場・園芸試験場などに鑑定を依頼し、新品種と認定されたものだ。

この申請書は、最も似ている品種との比較を、多くの項目について調査・記入したものだ。私も神奈川県園芸試験場花き科長の時、バラの新品種「ラブミーテンダー」の申請書を作成したが、例えばトゲの数・形などを微に入り細を穿《うが》って、膨大な項目を調べて申請した。一般の人ができることではない。そのため普通は新品種の申請は、試験場や種苗会社か大きな農家がほとんどだ。

パテント料は育成者が自由に決めることができるが、バラの場合、一株当たり一〇〇円前後が相場と言える。バラの切りバラ栽培では一ヘクタール（一万平方メートル）当たり五万株くらい植えるから、パテント料が一〇〇円とすると、一ヘクタールで五〇〇万円のパテント料となる。

全国の温室での切りバラ栽培は、およそ二八〇ヘクタール、栽培されているバラの株数は約一四〇〇万本、十年に一回植え替えがあるとすると、年に一四〇万本の株が売れることになる。

バラで最も売れるのは、断然赤バラだ。売れたバラの六十パーセントが赤バラとすると、約八十万本になる。そのうち主力品種が六十パーセントを占めるとすると、約五十万本の苗が売れることになり、パテント料が約五〇〇〇万円くらいになる。つまり赤バラの主力品種でヒットすれば、しばらくは何もしないで、毎年パテント料が五〇〇〇万円懐に入る。

新品種を作り出す方法は、一般的には交配と言って、異なる品種の花粉をめしべのてっぺん（柱頭）につけ、取れた種《たね》を育てて有望な株を見つける方法だ。有望な品種を見つける確率は、数千分の一で、さらに大ヒットとなると、その十分の一以下となる。それゆえ新品種の育成は、公立の機関か、資本力のある種苗会社および技術力のある農家になる。

そして新品種育成の過程で重要なのは、その花が売れるかどうかを見通す力量だ。バラの最初の花（バージンフラワー）はとても小さいので、それがどのような花になっていくかは、経験を積まないと難しい。さらに選抜過程で求められるのは、いかに捨てられるかだ。これも捨てがたい、あれも捨てがたいでは、いつまでたっても苗床はいっぱいで先に進めない。さらに実用品種になるには、花が素晴らしいだけでなく、農家が興味を持ってくれないとだめだ。たくさん採れるか、病気に強いか、管理がしやすいか、などが重要になる。

一般の人にも新品種発見のチャンスはある。枝変わり（突然変異）で、赤色の花のバラを栽培していたら、同じ株から白色のバラが咲いたというケースだ。これは葉の脇に出来る芽の遺伝子が、何らかの原因で突然に変わったことによる。枝変わりが即有望ということはない。多くは実用性がないが、たまに世に出る品種もある。私が現役の頃、「スイートドリーマー」というバラの新品種が世に出たが、これは枝変わりとのことだった。また、カーネーションの品種には、枝変わりが多いと聞く。

バラやカーネーションは、挿芽や接ぎ木で増やせるので、枝変わりは即新品種となりえる。皆さんも庭でバラやカーネーションなどを栽培していて、枝変わりを発見したら、ユーチューブに載せるなどして、世の反応を探るのも面白いと思う。

一方、種《たね》で栽培するものは、変わった物が採れても即新品種とはならない。種を蒔くと、親と同じものが採れないのが普通だからだ。

　そうそう金儲けはできないが、トマト、メロン、イチゴなどの種を蒔いてどんな実がなるかを見るのは楽しい。バラは咲いたあと実がついて、秋に赤くなったら中から種を取り出しプランターにでも蒔き、花を咲かせるとよい。気にいった花があったら、世界に一つのバラだから、好きな名前を付けると面白い。

　バラの品種には、古来女性の名が多い。「ソニア」「マダムヴィオレ」「クイーンエリザベス」「カトリーヌドヌーブ」……。ただし曰くありげな微妙な名前を付けて、女房に、または亭主に嫌みを言われぬようにご用心。

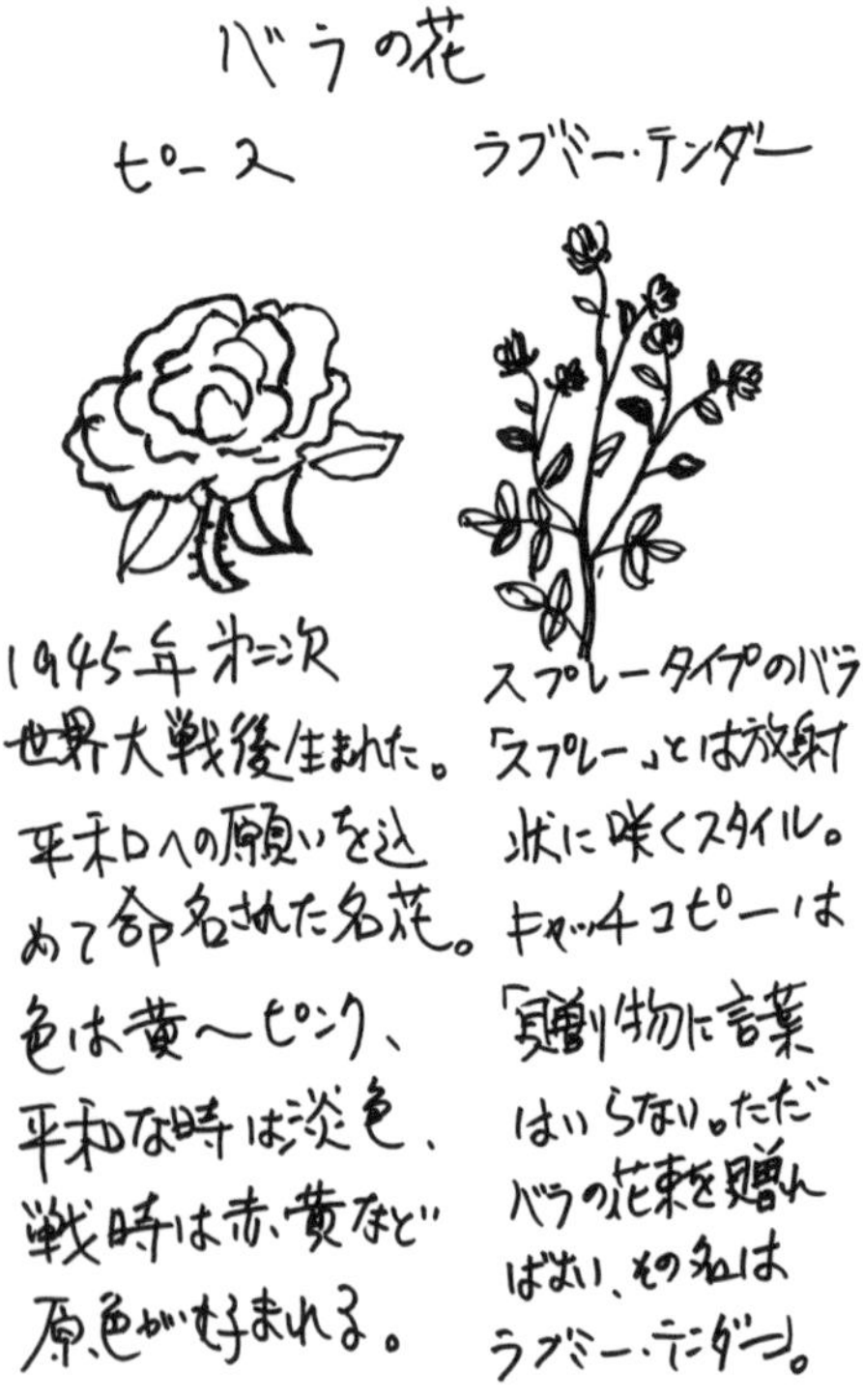
バラの花
ピース
ラブミー・テンダー
1945年第二次
世界大戦後生まれた。
平和への願いを込
めて命名された名花。
色は黄〜ピンク、
平和な時は淡色、
戦時は赤、黄など
原色が好まれる。
スプレータイプのバラ
「スプレー」とは放射
状に咲くスタイル。
キャッチコピーは
「贈り物に言葉
はいらない。ただ
バラの花束を贈れ
ばいい」その名は
ラブミー・テンダー。

有機農業

ややブームは去った感があるが、有機農業は何かと話題になる。

その発端は、危険な農薬の存在だった。私が県に入った五十年くらい前は、最も毒性の高い「特定毒物」の農薬がかなりあった。殺菌剤には水俣病《みなまたびょう》の原因である有機水銀もあり、カビによる立ち枯れ病などによく効いた。殺虫剤のパラチオンも卓効があったが、誤って死に至る事故もあった。また、戦後盛んに使われた、殺虫剤のＤＤＴやドリン剤は、環境に長く残り問題であることが分かった。

この反省から、化学合成の薬剤を使用しない農法＝有機農法（有機農業）が、模索された。さらに化学合成された肥料（化成肥料）をも使用しない農法が検討された。そして不耕起栽培（耕さないで栽培する）のように、農業に携わる者が、営々として築いてきた技術を否定するような農法も喧伝されている。

トラクターは不要という。もちろんそれらの農法は、穀物の大生産地では、全く見向きもされない。有機農法や不耕起栽培で養える人口は、現在の人口の五パーセント以下で、ほとんど狩猟採集の時代並みかと思う。単一作物、大規模栽培にいろいろな問題はあるが、そうせざるを得ない状況にある。

　ただ有機農法も不耕起栽培も、その方法で農家の経営が成り立てば、それは立派で文句をつける気は全くない。むしろ称賛に値する。有機農法や不耕起栽培で、それなりの品質・収量を得るには、従来の農法の十倍の努力・気配りが不可欠だ。主要穀物の大豆栽培では、カメムシを防除しなければ、しいな（皮ばかりで身のない実）ばかりだし、各種の病気も収量減につながる。肥料も、例えば窒素を有機でとなると、魚粉は高価で全面的には使えず、家畜糞で、となる。家畜糞で補うと、化成肥料に比べて膨大な量の投入が必要で、臭いし簡単にはいかない。また全世界で窒素分を家畜糞で賄うには、量が不足する。それゆえ数十億の人口を養うには、化学合成農薬や化成肥料を使わざるを得ない。

　化学合成農薬や化成肥料を安心して使えるように、化学合成農薬については、その残留性や、発がん性が調べられ、問題のない農薬のみが使用できる。現在市場に出ている野菜や果物は、許可された農薬を散布して、生産・出荷されているはずだ。私はそれゆえ、買った野菜はキュウリやトマトでも、洗わず食べている。ただスーパーで、キュウリなどをいじくり回す手の方が嫌だ。

是非に及ばず

戦国時代、幾多の武将が油断から敗北を喫している。

大内氏を倒した陶晴賢《すえはるかた》が、五倍という圧倒的な兵力の差がありながら、毛利元就に屈した「厳島《いつくしま》の戦い」、今川義元が織田信長に敗れた「桶狭間《おけはざま》の戦い」も、義元は兵力で圧倒的に勝りながら敗れて打ち取られた。織田信長が本能寺で、明智光秀に滅ぼされたのも、光秀を軽視したためだ。

戦国武将の言葉で最高に格好いいのは、信長が光秀に囲まれた時に放った、「是非に及ばず」だ。光秀の謀反により本能寺で万事休した時、周りの者は口々に「殿の大恩を忘れた行い、不届き者」などと口々に非難した。その時信長が放った言葉である。全く警戒しなかった、自分が悪いのだ、と言っている。信長も弟をだまし討ちで倒したと言われている。つまり戦国時代は何でもありなのだ。

人間、なかなか自分が悪かったとはならない。なにかと言い訳を言うのが普通だ。信長は「事実唯真《じじつゆいしん》」が分かっていた。歴戦の武将・光秀に囲まれた状態で戦うには兵力が圧倒的に少ない。アリが抜け出る隙間もないのも分かっている。これが事実で、受け入れざるを得ない。言い訳は一切しない。この潔さが信長の人気のひとつだ。

ただ、長男信忠には、敵《かたき》をとってもらいたかったと思う。なんとか逃げ延び、光秀を討ってくれと。しかし、信忠は死を覚悟して踏みとどまり、戦う選択をして衆寡敵せず《しゅうかてき》、自決した。これが武将たる息子の採るべき道だと。

信長は朝倉義景《よしかげ》を攻めた時、浅井長政の裏切りに遭い、挟み撃ちで窮地に陥り、「俺は逃げる」と一目散に逃げ帰った。信忠にはこのしたたかさがなかった。信忠が生きていれば、秀吉は信忠の指示に従わざるを得ず、秀吉の天下はなかったと思う。

秦の始皇帝は、秦王朝を万世に伝えんとしたが、二代胡亥《こがい》の時に滅んだ。始皇帝の長男は扶蘇《ふそ》といい、始皇帝が亡くなった時、北方の警備に当たっていた。扶蘇と次男胡亥を比べると、圧倒的に扶蘇が優れていた。そのため始皇帝の側近趙高《ちょうこう》は扶蘇を亡き者にして、扱いやすい胡亥を皇帝にと企んだのだ。

始皇帝が亡くなると、即、始皇帝の印を用い、始皇帝の命令として、「叛逆《ほんぎゃく》を企んでいると報告がある。自害しろ」と伝えた。扶蘇は嘆き悲しみ、自害して果てるが、扶蘇にもう少ししたたかさ、深い洞察力があれば、秦王朝は安泰だったと思う。信忠、扶蘇いずれも、一代の英雄の長男で優れた武将だったが、したたかさが足りなかった。

二世皇帝胡亥について、「馬鹿」の逸話が伝わっている。趙高は、胡亥の前に鹿を引いてきて、「陛下、これが馬です」。胡亥は「丞相《じょうしょう》（首相。趙高のこと）何を言う、鹿ではないか」。すると趙高は、「それでは皆の者（居並ぶ高官）に訊いてみましょう」。「これは馬か」、「はい馬です」と言ったものは自分の味方として残し、「いえ、鹿です」と言った者は、自分に逆らう者として、追放した。

丞相と君主がこのようでは、国がうまくいくはずがない。あちこちで反乱が起き、秦は崩壊した。そのあとの項羽《こうう》と劉邦《りゅうほう》の争いも、したたかな庶民出の劉邦が連戦連敗のあと、名門出の豪傑項羽を滅ぼし漢王朝の初代皇帝となった。

項羽は最後の戦闘で逃げ帰ることも出来たが、虞美人《ぐびじん》を刺したあと、わずかな手勢で漢軍に突っ込んだ。

大部屋・二人部屋

もう四十年以上前になるが、「みつめいたり」というドラマがあった。

そのナレーションは、「みつめいたり、みつめいたり、いずくをと、とわるるも、こたうべきすべはしらねど、ただみつめいたり、そのころのなつかしさよ（正確？）」だった。

利害得失を超えた若者の特権と言える、ひたすら遠くを見つめる「一途さ」が鮮烈に表れていた。これは青年時代にしか持ちえない心情で貴重なものだ。「俺にもそういう時代があったな」と、感慨に浸る大人も多いと思う。この状態は没我の境地だと言える。

東大の教養学部には、私の在学時、校内に三棟の学生寮があった。三階建て、一部屋は広く、十二人の学生が二十四畳二部屋で暮らしていた。主に地方出身の学生が寮に入っていたので、横須賀の私は入れなかった。

受験勉強から解放された学生は、青春を謳歌した。もちろん勉学に励む必要はあるが、なにしろ時間が十分にあるので、部活動も盛ん、またマージャンを覚える頃だったから、授業をサボってマージャンということもあった。もう六十年近く前なので、弊《へい》衣《い》破《は》帽《ぼう》・バンカラの伝統が残っており、私の友人は、一升瓶を片手に寮歌を大声で歌っていた。

「寮雨」という言葉もあり、二階・三階の窓から小便をして、下を通る人が「寮雨だ、寮雨だ」と逃げ回った。被害を受けた人も、特に抗議をするようなことはしなかった。

また寮は完全に学生の自治管理なので、およそ整理整頓、清潔とは無縁の空間が幅を利かした。その喧騒、雑然の中に、常識を超えた発想、行動が生まれ、次代を動かす基となった。

私の好きな光景は、壁に達筆で漢詩偶成《ぐうせい》、「少年老い易く　学成り難し　一寸の光陰軽んず可からず　未だ覚めず池塘《ろとう》　春草の夢　階前の梧葉　已《すで》に秋声」と書かれた前で繰り広げられる麻雀の喧騒の中、片隅で黙然と哲学書を読みふける学生の、没我の姿だ。これは、若い男の集団でしか見られないと思う。

「新墾のこの丘の上」で始まる寮歌の歌詞の中にも、仕事・育児の中で忘れてしまった「とこしえの昏迷《まよい》抱きて　向陵《おか》を去る日の近きかな」という歌詞がある。これが青春だと思う。

私は県に就職して、最初に相模原にある農業試験場の出先に配属され、独身寮から職場に通った。独身寮は六畳ほどの二人部屋だった。

全くの他人との生活は、何かとトラブルが起こりやすかった。ある部屋は、かたやクラシック好き、かたや演歌好きで、片方がレコードを聞いていると、片方は「チェッ」と部屋を出るという風に。また早寝早起き、遅寝遅起きの組み合わせも困りものだった。多人数の相部屋なら、常識が通用するが、二人では一対一なので、非常識をとがめにくい。そして隣が嫌いな演歌を聞いている中での、没我は難しい。

私の寮の部屋の相棒は、前職が皇宮警察の警察官だったが、極めてきちんとした人で、職場から寮に戻るとすぐ机に向かって何かをしていた。おそらく仕事の残りをしていたと思うが、「水野さん、やることがない時は、定規でマス目を書いていれば、上司は仕事をしていると判断してくれる」と言われたことがあった。

彼が独身寮に戻ってまで、マス目を書いていたとは思われないが。

多様性

生き物と接していると、「多様性」が種の存続に関していかに重要か分かる。

例えばアユは、秋に川の中流、小石が多いザラ瀬で産卵し、稚魚は海に下って成長しながら冬を越し、春、川を遡上して大きくなり、秋に産卵して一生を終える一年魚だ。しかし、冬を越して、二年目の秋に産卵する個体もいる。つまり秋の産卵期に、大水などで壊滅的な被害を受けても、年を越す個体が残り、絶滅することを回避している。また、産卵も十月から十一月まで続くので、大水があってもどこかの卵が残り孵化する。

ワカサギも同様で、基本的には一年魚だが、年を越す個体もある。シャチは群れによって、オットセイなどの哺乳類を捕食するか、エイなどの魚類を捕食するか決まっている。これによって例えば哺乳類が減っても、魚食性の群れは打撃を受けることはない。このように方法は異なるが、多様性は種が絶滅を回避できるかの場面で極めて重要だ。

これから加速すると思われる気候変動に対しても、本流から外れた個体のおかげで、全滅を免れることもあると言える。北極海の氷の減少で、主に氷の上でアザラシを狩って生きてきたシロクマは絶滅の危機にあるという。ただ、シロクマの中にもアザラシ以外の獲物を陸上で狩って生き長らえてきた個体はいると思う。存続の鍵はその個体が握っている。

中国に函谷関《かんこくかん》という関所があった。函谷関の位置は時代でやや異なるが、古来、東の洛陽と西の長安を結ぶ要衝にあり、最も重要で堅固な関所だった。

ある時、追っ手に追われた一団（孟嘗君《もうしょうくん》の一行）が、夜更けに函谷関の関所に差し掛かった。関所の門は、一番鶏が鳴くと開ける規則になっており、夜更けなので当分の間開きそうもない。追っ手は迫り、「万事休す」と思った時、戦闘では役立たずだが、何かの時に役に立つかと連れていた者が、鶏の鳴き声を真似た。すると周りから一斉に鶏の鳴き声が湧き起こった。門番はおかしいなと思ったが決まりなので門を開き、一行は無事追っ手から逃れることができた。春秋戦国時代の中国では、一芸に秀でた者（食客《しょっかく》）を抱えることが流行っていたのだ。

これも全てにおいて、多様性が重要という一つの表れと言える。

戦闘は戦場での闘いが全てでなく、話術が重要な交渉の得意な者、気象の専門家、動・植物の専門家などが加わっている軍隊が強いとなる。ちなみに、「箱根の山は天下の険函谷関もものならず」とか、百人一首にある清少納言の歌、「よをこめて　とりのそらねは　はかるとも　よにあふさかの　せきはゆるさじ」はこの故事を踏んでいる。

私は毎朝の食事の準備を担当している。基本的なメニューは野菜炒め、サラダ、パン、牛乳だが、多少の変化を工夫し、マンネリ化しないようにしている。野菜炒めを作っていて感じるのは、野菜の種類が多いほどおいしくなることだ。初めはキャベツ、キノコ、肉類だけだったが、ニンジン、ピーマンを加えると味が良くなり、白菜、もやしを加えると、さらにおいしくなる。食材の多様性が、味を左右する重要な要因だと示している。

多様性を徹底的に排除した、ナチス政権が壊滅したのは当然と言える。純粋な集団は一時的には栄えるが、長続きはしない。日本の政治に一抹の不安がある。

池

もう二十年くらい前のころ、初代の犬ポッキーの散歩で、近くの操車場址に、一緒にしょっちゅう潜り込んだ。

私は、実害がないと判断すれば、隙間から潜り込んだり、塀を乗り越えるのに躊躇しない。昔、造園専門学校の講師をしていたころ、校外の畑で実習をした。その畑の横に有名な洋館があった。休み時間に学生が「塀を乗り越えて入っていいですか」と言うので、「誰も住んでいないし入っていい。ただし休み時間が終わるまでに戻ってきなさい」と返事をしたこともあった。

その操車場址は昔、鉄道輸送が盛んな時は、貨物列車が頻繁に発着して賑わったが、自動車輸送が盛んになり、さびれて駅舎もレールもなくなり、コンクリートと草が茂る荒れ地になっていた。そこに、何日もかかって移植ごて（シャベルのこと）で、一平方メートル・水深十センチほどの水たまりを作った。ポッキーは、おとなしく座ってそれを見ていた。「ご主人様何をしているの」とばかりに。ちょっと怪しい行動に見えるかもしれないが、犬連れならば「ああ散歩か」となる。

水たまりができたら、早速、そこにメダカとオタマジャクシを入れた。水が枯れそうになると家から水を運んだ。オタマジャクシはカエルになり、メダカも子供を産んで増えた。次の年の春、池からは毎日五、六匹の赤トンボが羽化した。ヤゴは何を食べているのか観察すると、ミジンコを食べているのが分かった。ミジンコは水たまりが一か月も枯れなければ発生する。ある年、長雨でコンクリートのくぼみに、永く水が溜まり、そこにもミジンコが住み着きヤゴもたくさん見られた。

また二年目の春、カエルが卵を産みに来たのに驚いた。一年で産卵する大きさまで成長するとは、よほどエサが豊富だったのだろう。小さな水たまりだが、朝にはハトなどの鳥が群れで、嬉々として水を飲みに来た。鳥たちにとって、安心して水が飲める場所がなくなってきていたのかと思った。

現在、そこには高層マンションが建ち、どこにも水場がない。それは、周辺の生物相の貧弱化を助長し、子供たちが多くの生き物に接する機会を奪っている。しかし、そのように感じるのは私くらいで、殆どの人はなにも感じていないようだ。

最近はアライグマが増え、池のコイを食べるので、池をつぶしてしまう家が多い。ヒキガエル（ガマガエル）は池に卵を産んで世代を繋いできたが、池がなくなって存続があやしくなっている。昔は時々大きなヒキガエルがこの辺でも見られたが、今は見かけなくなった。

この他、川が暗渠になり、水辺が大幅に減少し、生き物が水の確保に苦労している。私が庭にカニ達のために用意した小さな池にも、頻繁にアシナガバチが水を吸いに来る。

また、横須賀市の公園には、流水や池状の施設があるが、生き物の生存を許さない方針が顕著だ。三笠公園の流水にも一時オタマジャクシが見られ、二、三年経つとヒキガエルの親が産卵する光景が見られたが、市は徹底的にオタマジャクシを滅ぼした。多分子供がオタマジャクシを取ろうとして、流れで転んだりすると、市の責任になるとの理由だろう。かくして子供は川での遊び方、注意点を体験せずに大人になる。

子供の頃は転んでも大きなけがにはならないので、あえて言えばむしろ転んで、何が悪かったか、どこが危険なのかを学ぶべきと思う。川を渉るとき、水中では平らで藻が生えていない石の上に、あるいは砂の上に足を置くようにし、頭を出している石については、乾いていて白い石は滑ることはない。これも経験で身につけるべきだ。

例えば夏の川遊びで石に滑って流されるなど大いにあり得る。そんな時、徒渉《としょう》の経験があるかないかで結果が異なることになる。夏になると、川で流されて重大事故になるケースが毎年新聞を賑わすが、子供の頃に親が教えていれば、少しは事故が減ると思う。

禅

禅の話は好きで、多少は分かったつもりだが、禅の教えの真髄は「言葉もて言うなかれ、心もて計ることなかれ」であり、ここで触れること自体あやまりだが、所詮、野狐禅《やこぜん》(悟ってもいないのに悟った顔をして語ること)、大目に見てください。

禅の系譜は、お釈迦様に始まり、達磨大師がインドから中国にやってきて始まった。達磨大師は「面壁九年」と言って、壁に向かって九年座禅をしていて、足を失ったとされている。

それから時代が過ぎて、唐の時代、禅は大いに栄え有名な高僧が輩出した。その頃の高僧や雲水(修行僧)のやり取りが、公案として伝わっている。例えば、新入りの僧が趙《じょう》州《しゅう》(有名な高僧)に、

「悟るためには、どうしたらいいか教えてください」と聞いた。すると趙州は、

「お粥《かゆ》を食べ終わったか」と聞き、新入りが、

「食べ終わりました」と言うと、趙州は、

「食べ終わったなら食器を洗っておけ」

これが公案のひとつだ。公案は、修行僧に示され、どう思うかが問われる。その答えが解釈であり、体験に根差したことでないと、昔なら「喝」とどなられたり、棒で殴られたりしたらしい。これが、臨済（高僧）の「喝」、徳山（高僧）の「棒」と言われる。また、凡人には公案は何のことか分からないので、禅問答という言葉が生まれた。

禅の教えの中に、只管打坐《しかんたざ》という言葉がある。これは、禅の修行はただ座っておれということで、そうすると悟りにつながる可能性がある。ただし、悟りを得ようとして座ったなら、悟りは得られない、という意味だ。

こういうやり取りがある。修行僧が高僧に、

「悟りに近づくには、どうしたらよいでしょうか」と聞いたら、高僧が、

「ただ座禅をすることだ」と答えた。修行僧が、

「ただ座禅をしていればよいのですね」と言うと、高僧は、

「そんなことは言ってない」と一喝した。

最後の修行僧の言葉には、座禅で悟りを得るには、という目的が窺《うかが》える。只管打坐ではないのだ。

ここからの話は、私の記憶で書くが、記憶もあいまいで事実ではないかとも思う。そのつもりで読んでほしい。

柳生十兵衛が沢庵《たくあん》に弟子入りして、

「禅で一人前になるには、どのくらいかかるでしょう？」と聞いたところ、

「そうよな、十年くらいはかかろう」という答えであった。

十兵衛はそんな悠長なことは言っていられないので、それでは、

「気合いを入れてやったら、どのくらいかかるでしょうか？」と聞くと、沢庵は、

「そうよな、十五年くらいかな」と言う。

十兵衛は、何か聞き間違えかと思い、

「それでは、さらにシャカリキで励んだらどうでしょう？」

と聞くと、沢庵は、事もなげに、

「そうよな、二十年くらいかかるかな」と。

ここで初めて、十兵衛は只管打坐につながる、ただ修行することが肝心だということが分かった。

また、花紅柳緑《かこうりゅうろく》、眼横鼻直《がんのうびちょく》という言葉も、禅の極意だ。花は赤く、柳は緑、眼は横で、鼻は縦ということで、「当たり前」が肝心で、かつ、難しいと言っている。

とかく当たり前が受け入れられず、横道に入って難儀することが多い。ある時、高僧に修行僧が聞いた。

「ふと迅雷を聞いて驚くのは修行が足りないためか？」

高僧曰く、

「驚きなばそのままにてよし」

「よし」というのは、グッドとかベターの意味ではなくて、取り合わないで次の行動に移るのがよかろう、ということだ。つまり驚くのは当たり前で、自然なのだ。

人間には、意識と意思が混在している。驚くのはいわば意識で、それを意思で打ち消すことはできない。身体の動きは意思で制御できるが、意識を意思で変えることはできない。

例えば、ヘビが嫌いなのは生まれつきなことで、そういう人は、ヘビを見ると「ぎょっ」として道を変えたりする。この「ぎょっ」とするのは意識で、道を変える行動は意思が決めている。

また、人に惹《ひ》かれる、人を好きになる、逆に、人を嫌いになる……は、意識のレベルだ。だから、こういう感情は意思では制御できない。

「あの人は人妻だから、好きになってはいけない」と意思でなくそうとしてもだめだ。しかし、行動は制御できるので、そういう感情が消えなくても問題はない。かえって意思で意識を制御しようとすると、混乱して情緒不安定になる。

全日本クラスの体操選手で、競技中に観客の視線が気になる人がいた。いわゆる対人恐怖症だ。こんなことでは良い演技はできないと無視しようとすると、ますます気になる。どうしようもなく、禅の門を叩くことになった。

病気や、痛みも過剰に反応すると、ますます痛みが増したりする。私のおすすめは、お前など知るかと放っておくことだ。すると痛みは退散する。

心は流れるままに、しかし、行動はやるべきことをしっかりやる。その時いろいろな感情があっても、時間は平穏に過ぎていく。

「即身即仏」という言葉がある。人間は、生まれながらにして仏（ほどけている、つまり何にも縛られていない者）であるという意味だ。それがどうして仏になるには、修行が必要になってしまうのか。

人間生きていくうえで、いろいろな雑念に囚《とら》われる。あいつはいい家に住んでいて羨ましい、スポーツが万能で羨ましい、有名になりたい、金持ちになりたい……などだ。そうなるとその感情に縛られていく。その縛りがほどけるには修行が必要だ。そして、私は私でよかったとなる。

悟り方には、頓悟《とんご》と漸悟《ぜんご》がある。頓悟とは、突然の悟りで、一瞬前までは闇だったのが、突然明るくなるイメージだ。もちろん散々修行しての話だ。私が農業後継者の先生をしていた時、夏風邪をひき十月になっても熱が下がらず困っていたが、大あくびが出たとたん、熱が下がった。これなど頓悟に通ずる話だと思う。もう治る寸前だったのが、大あくびで治ったのだ。禅での頓悟には、竹に石が当たって、頓悟したという話もある。

一方漸悟とは、修行の中で徐々に悟っていくことで、この方が分かりやすい。

土で出来たダムが、水かさが増して一気に崩れる、これが頓悟で、ダムから少しずつ水が漏れて崩れる、これが漸悟ということだ。

戦う理由

昔、試験場の同僚に虫の生態に詳しい人がいた。

ある時、キイロスズメバチが堆肥舎に大きな巣を作った。このままでは堆肥を取り出す際、刺される危険性があるので、彼が除去することになった。

まず、堆肥舎に長い梯子《はしご》をかけて何日かおく。虫でも動物でも、人間が何かすると当座は警戒する。しばらくそのままにしておくと、彼らは警戒しなくなる。あらかじめ脱脂綿の塊を二つ作っておき、片方にはクロロホルムかアセトン（いずれも揮発性の強い有機溶媒）を湿らせ、もう一方はただの脱脂綿の塊を作る。

夜間、ハチは巣の中に入り、一つある出入り口に夜警が数匹いるだけになる。梯子を静かに上り、夜警が動く前に素早く有機溶媒を湿らせた脱脂綿で入り口を塞ぎ、次にただの脱脂綿の塊を押し当て、先の脱脂綿を巣の中に落とす。こうすると巣の中は有機溶媒が充満して外にも出られず、ハチは麻痺して動けなくなる。そこで巣を大きなビニール袋に入れれば一件落着だ。実にスマートなやり方で、さすがと思った。

私はキイロスズメバチの大きな巣が欲しくて、十一月の初め、もうハチはいないだろうと採りに行った。スズメバチ、アシナガバチの巣は一年きりで、次の年はまた新しい巣を作る。次の年の女王バチは、物陰で越冬し、冬に巣はもぬけの殻になる。

棒で叩くと、巣からハチがどっと出てきた。やばいと思ったが、ハチは四方八方に飛んでいった。すでに巣の中に守るべき幼虫がいないので、ハチにとって戦う意味がないのだ。この守るべき者のために戦うというのは、生き物すべてに共通だ。人間も同様で、守るべき者の価値が高いほど、戦闘意欲は高まる。

関ヶ原の戦いで、西軍に大谷吉継という武将がいた。ハンセン病を患っていて、鎧兜《よろいかぶと》はつけることができず、輿《こし》に乗って指揮を執ったと言われる。大谷吉継は東軍には勝てそうもないと思っていたが、実質的な西軍の大将・石田三成との義により、西軍に加わったとされる。

ご存じのように、関ヶ原の戦いは小早川秀秋の裏切り、およびそれに触発されて多くの大名が裏切り、小早川秀秋に備えていた大谷吉継の陣営になだれ込んだ。西軍の敗北は明らかだ。

敗北が決定的になると、普通、将兵はばらばらに戦場離脱をはかる。しかし、大谷隊の将兵は逃げることなく、吉継の前にひざまずいて、

「殿、お先に行って待っております」。「よし、ワシもすぐに行くから」と言って、東軍に切り込んだという。大谷隊のほとんどの将兵が討ち死にし、まれにみるほど死傷率がきわ

めて高かった。つまり大谷隊の将兵は、普段から恩義を感じていた大谷吉継の義を守ろうとしたのだ。

ひるがえって現在の日本を考えてみよう。少子高齢化は一向に改善されず、近くの小学校は、全生徒数が一〇〇人を大きく割り込んでいる。私が通っていた頃は、一五〇〇人を超えていた。戦後のベビーブームや現在の広域学区の影響があるにせよ、JRと京浜急行の駅が近く、国道十六号も通り交通の便はよく、横浜まで三十分強、東京まで一時間強の土地でのこの有様は、度を越えている。

所得格差は広がり、結婚、育児は到底無理な若者が少なくない。そして、将来その格差が縮まる気配は感じられない。また、老後の年金生活は、厳しさが増しそうだ。もっと皆が、この国に生まれて良かった、と思える国にしなければと思う。

犬

犬の人気は高く、多くの家で飼っている。その種類は多様化し、大型のセント・バーナードやシェパードから、ごく小型のチンやチワワまで多様で、スタイルも柴犬型、ダックスフント型、ブルドッグ型など多様だ。この辺でも、昔は見かけなかったボルゾイなども見られる。

人気の理由はいろいろある。基本的に動物が好きで、その中でも犬が好きだ、子供がいないので寂しい、犬を見ていると心が癒される、犬がいると散歩の機会が増える、犬を通して知り合いが増える（犬友達）、夫婦の共通の話題になる、高価な犬は自尊心をくすぐる、などなど。

最近、世間で人と人との繋がりが薄れてきていることが、犬の人気に大いに影響していると私は思う。人は、社会的な動物だ。言わば群れで生活しないと、ストレスを感じることになる。これは新型コロナウイルス（コビッド19）による各種の制限の影響が大きいが、この前からこの傾向は出ていた。

例えば葬式だ。少し前までは、葬式は通夜と告別式がセットで、通夜には故人の知り合いが詰めかけ、故人を偲んで、話が交わされ、同時にお互いの近況交換があり、昔話に浸った。言い方は悪いが、当事者でない立場では、美味しい寿司とオードブルを食べ、ビール、酒を飲みながらの会話は楽しみであった。

現在は家族葬が増え、交流の場がなくなった。そして、以前の葬式は普通でも数十万の金が動き、少し名の売れた人だと、数百万、もっと高額の金が動くときもあった。その経済効果は多くの分野を潤した。

遺影を前に故人と最後の別れ、「お前とはよく釣りに行ったな」とか「急だったな、もう一回会いたかった」など、しんみりすることで気持ちに区切りができた。しかし、家族葬ということでそれも叶わず、残念に思うことが多くなった。私は楽だからと安易に家族葬にするのは、友人だけでなく、故人に対しても失礼だと思う。

現在は他人と面と向かって話さなくても、スマホなどで擬似的に接点が得られる。しかし、私は、これはあくまで真の交流でないと思う。面と向かっての会話だと、細かな顔の表情、周りの状況など、そして変な話だが「におい」なども分かり、相手の生の（真実の）状況が知れる。しかしスマホでは、真意が伝わらず誤解も生じやすくなる。実際に、行き違いは皆さんも経験していると思う。相手との間で、お互いの五感のやり取り、これが真の交流だと思う。

犬は昔と同じで、どんな飼い主に対しても、仲間であり主人であると認めている。一方、人間同士の関係はどんどん希薄になっている。そのような状況のなか、いつまでも変わらない飼い主と犬の関係は、これまで以上に貴重なのだ。

犬は、私が飲み損ねてひどくむせると、「大丈夫」と心配そうにこちらの顔を見る。女房はまたかと無視だが。

場合によっては、犬は友人以上に大事という人も多い。犬が死んだ時、親が亡くなった時よりも泣けたという話も聞いたことがある。ただ、犬は飼いたいが自分が亡くなったら犬がどうなるかを考えると、躊躇せざるを得ない、という高齢の人も多い。

そこで私が考えるのは、犬のリースだ。リース料を貰って、もし飼い主に不幸があった時は、犬を引き取るというシステムなら、独り暮らしの高齢者も後顧の憂いなく、犬を飼うことができる。幸い犬は、飼い主が変わると、新しい飼い主を「ご主人様」と認めてくれる。

犬を飼うことは、どれだけ高齢者の生活を豊かにするか計り知れない。特に単身者の場合は、その効果は大きい。家に帰った時、しーんとしている家に入るのと、犬が「お帰り、お帰り、ワンワン、ワンワン」と言っている家に入るのでは、気持ちに雲泥の差があり、孤独感は大幅に減少する。

また、犬は泥棒除けにも有効だ。犬は聞きなれない音、足音が聞こえると、とたんに耳を立て、それが縄張り（自分の家）に近づくと、ワンワン吠える。その時、泥棒はその家にどうしても入る、という理由がなければ、侵入をあきらめる。家主は当然目が覚め、私ならば枕もとの木刀を取り、玄関で木刀を持って身構えている。泥棒は侵入しても殴られるだけだ。ピストルや日本刀ではかなわないが、包丁なら木刀のほうが有利だ。まして室内で飼っている犬が、シェパードやグレートデンだったら、下手すると犬に殺されかねないので、すぐに逃走する。ただし、外で飼っていると、牛肉を投げ入れられたりして、よほど訓練されている犬でないと、飼い主を裏切って、泥棒に尻尾を振ることになる。室内で飼っていれば、懐柔されないので大丈夫だ。悲惨な事件も、室内犬で防げたかもしれないケースは多かったと思う。

リースした場合、状況によっては、散歩も有料で請負うのもよいと思う。また犬を世話する仕事、犬に頼られる立場は、生きがいにもなる。人間たとえ犬にでも頼られるのは、生きがいにつながり、生活に張りが生まれる。その張りは、認知症に陥る危険性を大幅に減少させ、その進行も遅くなる。

農業後継者学校の教え子の年賀状に、「子育てで大変です」とあったので、「今が人生で一番の花です。子供であれ、人から頼りにされることは幸福。そのような立場は、人生であまりないですよ」と書いた。

あまり犬、犬と書くと、猫派から「猫もいいですよ」と反撃されそうだが。

ふゆの章

農業大学校

私は、先生になるのはいやだと思っていた。人の手本になるような柄でないし、先生になってもやや人並みでない（ややどころでないと言う声あり）言動は変わらないからだ。学生時代、「憲法」の単位を取って、教育実習をすれば先生になる資格は取れたが、取らなかった。県に就職して二十八年、五十歳の時に、農業大学校の先生にとの内示があった。農業大学校は各種学校、つまり職業訓練校と同じで、先生の資格がなくても先生になれるのだ。私は、辞めようかと尻を捲りかけたが、振り上げた拳を下ろさざるを得なかった。娘二人はまだ学生だ、ここで無収入になるのは厳しい。耐えがたきを耐えで先生になった。

農業大学校のような農業後継者養成学校は、校名は異なるが各都道府県にある。入学してくる学生は、農業高校を卒業した農業後継者などのコース、および大学卒業者、中途就農者などのコースの、二つの課程がある。前者の一年目は全員寮に寝泊まりし、週末実家に帰り、二年目は実家からの通学を基本とするが、実家が遠い者や事情で寮にとどまるケースもある。当時は、酪農や養豚コースもあった。後者は、通学で一年制だった。

私は庭園樹の育成、栽培の植木コースを二年、バラやカーネーションなど切り花の栽培のコースを三年受け持った。学生のなかには、まだ珍しかった茶髪の者や、柔道二段の者など、元気溢《あふ》れる者がたくさんいた。

私は覚悟を決めた。「お前ら文句があるなら、かかってこい」と。大学で四年間合気道をやっていたので、多少の格闘は何とかなろう、なめられたら終わりだと思った。しかし、この覚悟は少々大げさだったようで、学生たちに手を焼くようなことはなかった。全体作業の日、私のコースの学生が、「オヤジはどこだ」と言っているのを聞いて、まあいい関係が築けたと思った。

午前中、学生は座学なので一人温室で作業となるが、夏は猛烈に暑く、休憩のたびにコーラを飲んだ。空き瓶は机の上に置いて、常に五、六本は並んでいた。

「水野先生の机はどこですか」「あのコーラの瓶が並んでいる所だ」というふうに。

ある時、学生が私の机のコーラの空き瓶を見て、

「先生、コーラを飲むと骨が溶けるよ」と言ったので、

「何言ってる、コーラを飲んでどこで骨にあたるんだ。口から入って胃、腸と来て、おしっこで出るだけだ。いま世界で一番強い国はどこだ？　アメリカだろ。アメリカ人はコーラを飲んでいるから強いのだ。お前らもコーラを飲め」

「はい、飲みます」

その頃は、コーラは身体に良くないなどの説があり、学生のなかには親から止められて、飲みたくても飲めない者もいたが、先生の推薦なら大威張りで飲める、となったのだ。

農業大学校に転勤して三年目、寮での生活指導を担当した。寮で規則が守られているかに目を配る係だ。寮には先生のOBが舎監として泊まり込み、十時の点呼に不在の者や、その他の問題行為を、報告書に書いて私に届けることになっていた。

A子という女子学生がいた。服装が粗末で家庭的に恵まれていない感のある子だった。その子が二日連続で点呼時不在との報告があった。生活指導担当の私は、彼女を呼び出し、

「舎監の報告によると点呼時に不在との報告があるが、どうしてか」

「ジョギングに行ってました」

「ジョギングは良いことだ、しかし点呼時不在は問題なので、もっと早い時間に行けばよい。点呼時不在がこれ以上重なると、私としても守りきれない」

すると急にA子は泣き出した。これを見た事務職員の女性は「あのA子が泣いているよ」と驚いた。事務の女性はA子を「すれっからし」と思っていたからだ。

私は、人の言うことをすぐ信じるたちなので、A子の言うことも信じたが、A子にとってみれば今まで嘘も言ってきたが、本当のことを言っても信じてもらえず、悔しい思いをしてきた。ところが頭から話を信じてくれたので、うれしくて思わず泣けたというわけだ。あとで同僚の女性教員は「嘘に決まっているでしょ」と言っていた。

私は悟った。たとえ相手が問題児でも、まずは相手の言うことを信じてから話を進めないと、相手の心の警戒心を解くことはできないと。相手に警戒心がある限り、本質には迫れない。

異動して二年目、私のコースの学生が「今の副校長はなんだ、居眠りばかりして」と言ってきた。副校長の後ろが通れるようになっており、ガラス越しに居眠りを見ていたのだ。

その時は、良くないなどうするか、で終わっていたが、副校長の「今日は現場に学生が一人もいないな」の発言を聞いて、「なに寝言を言ってんだ」と怒りが湧いてきた。その時は座学の時間で皆教室にいるのだ。

ほかの職員が大勢いる中、つかつかと副校長の前に行き、

「だいたいあんたは副校長の職責を果たしていないのだから、即刻辞めるか、給料を返上したらどうか」と怒鳴った。副校長は「辞めません、給料の返上もしません」とのらりくらりで、埒《らち》が明かないので、「今後気を付けろ」で引き下がったが、あとでさすがに「ちょっとやりすぎかな」と思った。

四年目の三月、私のコースの学生が「ドキドキしてしょうがない」と言う。

「なんでドキドキしているんだ」と聞くと、

「今度の異動で、もし水野先生がいなくなったら、もう私はこの学校にいたくない」と言

う。私のような風変わりな教師に慣れ親しんだので、真っ当な先生ではいやだというのだ。その年の転勤はなかったが、次の年、転勤になった。すると、当時担任の学生がしばらくの間おかしくなって、「水野先生の責任ですよ」と言われた。

二年生は卒業にあたり、卒論と称して自分が経営者になったときの計画をまとめる。するとどのような計画でも、現在の経営を上回る案がなかなか出てこない。収入を計上してもとびつくような額にはならない。横浜、川崎辺りの郊外の農家は、駐車場、アパートなどの不動産収入が多く、働かなくても楽に生活できる。この状況では、なんとしても、より多くの収入を得るために、知恵を絞ろうとならない。これは彼らにとって幸せか、大いに疑問と思う。

ある時、結婚が話題になった。学生たちに結婚するなら「十月生まれの三番目」がいいぞと言った。最初の子は親も慣れていないので、とかく甘やかしすぎて、褒め言葉なら「大者の風格がある」。だが、けなし言葉なら「甘ちゃん（総領《そうりょう》の甚六《じんろく》）」になりがちだ。二番目は、親は長子を甘やかしすぎたと反省し、今度は厳しすぎて、何にも反抗するような性格になりがちだ。三番目は、親も育児のベテランになり、ちょうどいい育児ができ、深みのある人間に育つ。

毛利三兄弟でも、長男・毛利隆元《たかもと》は鷹揚《おうよう》、次男・吉川元春《きっかわもとはる》は戦なら任せろで、三男・小早川隆景《たかかげ》は状況を深く読んで、適切な対応のできる深みのある人間だ。

明智光秀との戦いに向けた、豊臣秀吉の中国大返しの際、秀吉軍の追撃をせず、秀吉に恩を売ったのは好い例だ。光秀が勝っても、秀吉が勝っても対応できる。

現在相撲界で話題の三兄弟でも、最も有望なのは、三男の若隆景だと思う。

生まれ月については、七月頃の生まれだと、すぐ夏なので、暑い、暑いで、へそを出して寝ていても、風邪をひくこともなく、この世は楽なもんだとなる。十月生まれだと、寒さがすぐ来て、へそを出して寝れば、風邪をひいてしまうので、この世は厳しいと悟る。ちなみに私は、まさに三男で十月生まれだ。

また、私が学生に求めたのは、

「研ぎ澄まされた瑞々《みずみず》しい感性と、燃えるような不屈の闘志、そして底抜けの楽観主義」だ。

監査など怖くない

監査の準備は公務員の事務系職員にとり、最も重要な作業だ。特に試験研究の職場では煩雑で、どの職場にも共通な出勤簿や出張旅費などの管理のほかに、備品の管理、分析用の薬品・農薬の管理、および最も神経を使う生産物の処理などが加わる。

試験で栽培した野菜などは解体調査するが、全部はしないので、残りは県有財産になる。これは売ることになるが、市場に出荷すると半端荷として最後のセリになる。買う方はもうあらかた欲しいものは買えているので値は下がる。それならば、適当な値段で試験場の職員およびほかの県の出先に売ろうとなる。

このとき、払い下げの値段、数量が適正かどうかは、監査の職員にとっては最も指摘事項にしやすいところだと思う。また、売り上げが県に納入されていなければ、公金横領の可能性も生じ、ただでは済まない話になる。

また、監査を受ける側のコツとして、軽微なキズをわざと作っておく手がある。仕込む場所としては、生産物処分辺りがうってつけだ。「生産物払い下げの価格設定が、東京市場の中値としているが、一部の産物につき根拠となる記事の添付がない」というふうに。

この程度なら、「今後気を付けます」で一件落着だ。

もし監査で指摘事項が全くないと、上司から「お前、ちゃんと監査したのか」となるので、監査員は躍起になって何か指摘事項を探そうとし、あれも出せ、これも出せで監査を受ける方も大変になる。

今から四十年くらい前、私は試験場の小さな出先にいた。そこに定年間近の女性の事務職員が転勤してきた。彼女は、大きな職場でごく狭い範囲の膨大な仕事を担当してきたので、やったことがない仕事がたくさん増えた。若い職員ならば、これから永い事務職員の仕事を考え、どんな仕事でも覚えようとするが、定年間近の彼女は覚える気がしない。生産物の払い下げの時は、うれしそうに対応していたが、事務処理はいい加減だった。

これでは、監査資料の作成で困るぞと思っていたが、彼女曰く「監査なんてこわくないわよ」。監査で指摘されても退職金が減額されるほどの処分はない。もうすぐ定年だし仕事を覚える気はなかった。

案の定、監査資料作成の時期になって、作りようのない状態になってしまった。本場の管理課の職員も動員され、夜遅くまで頑張っていたが、場合によっては一年前のことだし、困難を極めた。しかし、彼女はあっけらかんとしたもので、「私なんかいてもしょうがないのよ」と別室でお茶を飲んでいた。

一応、監査資料という名の文書が出来、監査の当日になった。監査は二名で行われ、担当を分けて行う。監査員は、資料を開けてざっと目を通して唸《うな》った。ひどいもんで指摘に該当する「おみやげ」ばかりだ。

彼女の夫は県の職員で、かなり上の方だという。上席の監査員は、「こんど俺の女房のところに行くそうだが、よろしくな」とでも言われていたと思うが、監査資料を閉じて付き添いの監査員に目配せして、「よく出来ているな」。付き添いの監査員も、事を荒立ててもしょうがないと、「はい、よく出来てます」。その時の出先の上司も呑気《のんき》なもので、このことを笑いながら話した。

私はこのことは、彼女の処遇に問題があったと思う。性格、年齢を考えれば試験場の出先への異動は控えるべきだったのだ。あるいはスイカ、メロンに惹かれて、彼女からの希望だったのかな？

碁から見た現在

子供の頃は将棋が好きで、昔懐かしい縁台将棋をよく打っていた。冷房などない時代、縁台（長椅子）を店の前に置き、夜の涼風が心地よいなか、顔なじみと打つ将棋は、昭和の下町の風物詩だった。行きかう地域の人々とも情報交換ができ、「よし、次は俺とやろう」とか、「その手はおかしい」「持ち駒は金が二枚、それじゃあ近々（金金）に詰むな」とか賑わったものだ。

その頃はコンビニなどなく、小さな商店が夜遅くまで店を開いていて、なんとなく町がざわついていた。家庭風呂はほとんどなく、銭湯が社交場で、地域のコミュニケーション

が機能していた。

現在、将棋は打たず、碁に転向し、毎月二十日くらいは碁会所に通っている。碁を打つより喋《しゃべ》っている方が多いかもしれない。

大学時代からで、五十年余りの棋歴があるが、進歩は遅々としている。プロでないから、楽しめばよいとしている。テレビでプロの碁の対戦があれば、逃さず見ている。当たり前だが、碁の戦法や考え方以外に、人間模様が窺えて面白い。プロの解説も個性があって面白い。

碁も将棋も、戦法は攻めるか守るかだ。碁を打っていて、攻めて石を取り上げて勝つと、よし攻めていけばよいのかと、攻めばかりに偏って、今度は守りが甘くなり、相手の石を取り逃がしてしまうと、陣地が足りず負けてしまう。逆に、確実に陣地を囲むことにこだわると、かえって相手の陣地が大きくなり、負けてしまう。攻めと守りのバランスが重要だ。

現代は多くの局面で、攻めばかりで、守りがおろそかになっていると思う。

例えばスマホだ。私は携帯電話を今までに長女が生まれる時、三か月持っただけだ。その際、潮干狩りで海に落としたし、パチンコ屋ではうるさくて通じないしということで、意味がないと使うのをやめた。それから外に出れば糸の切れた凧《たこ》で、自由気ままに過ごしている。

スマホ

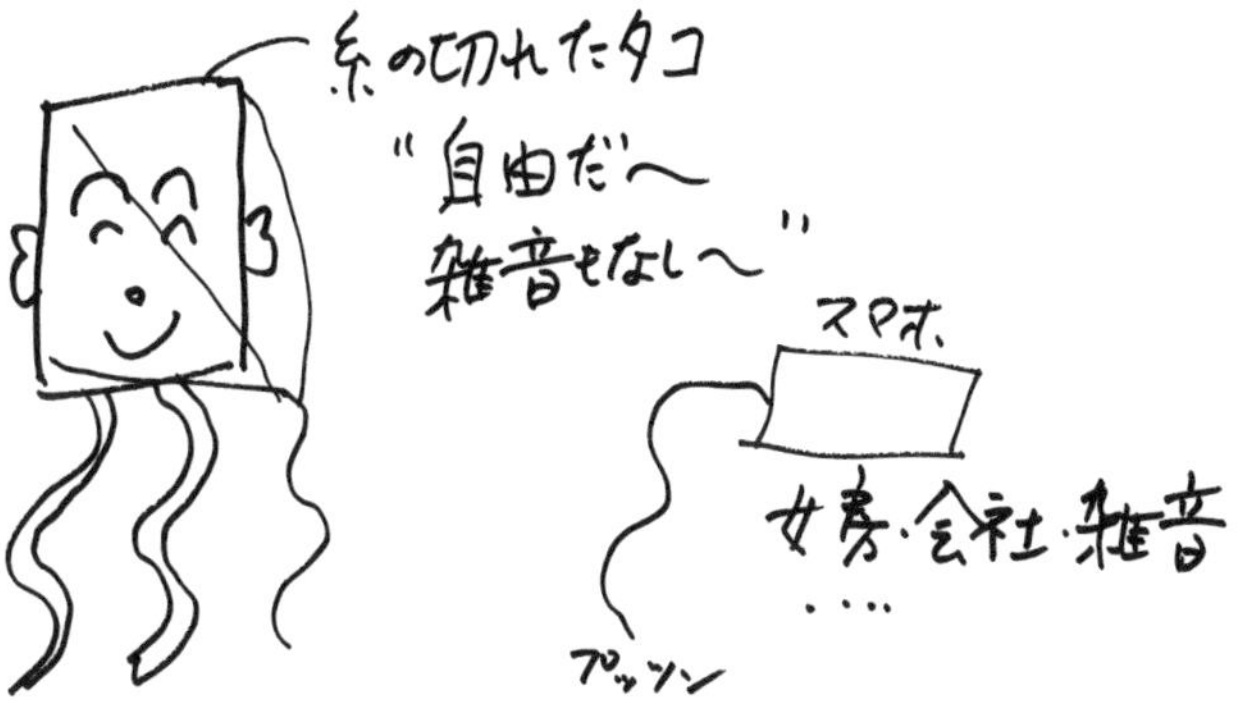
糸の切れたタコ
"自由だ〜
雑音もなし〜"
スマホ
女房・会社・雑音
….
プッツン

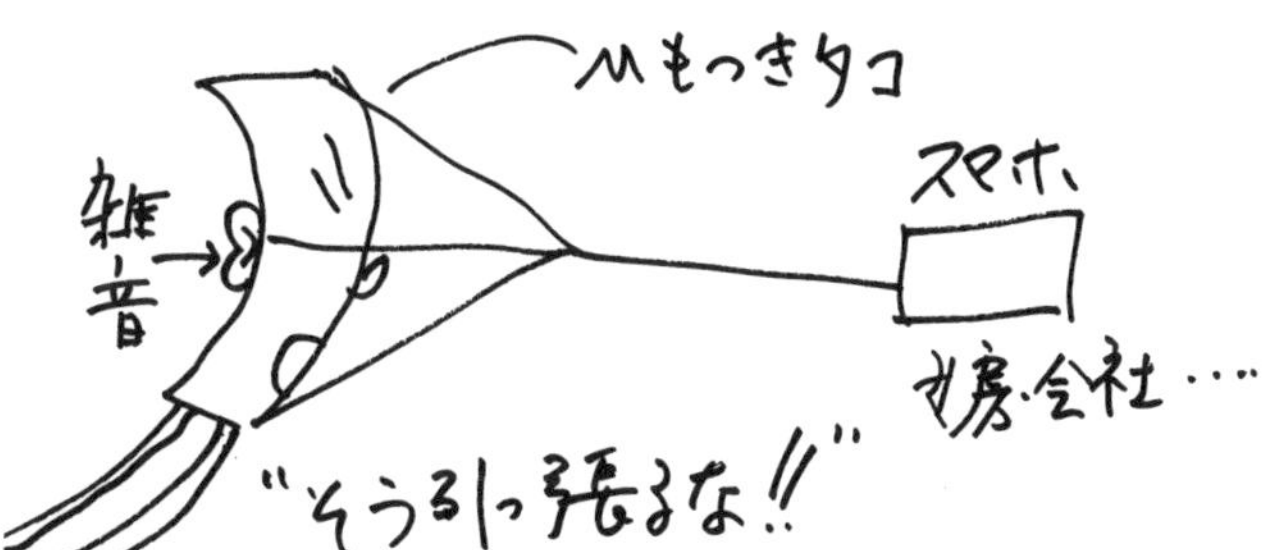
ひもつきタコ
スマホ
雑音
女房・会社….
"そう引っ張るな!!"

「お前がフーテンだからできることだ」と言われそうだが、皆さん一か月ほど、スマホなしで過ごしたらどうか。余計な雑音とは無縁になり、自分を取り戻し、頭を使わないと何事も進まないので、脳の活性化にもよいと思う。スマホの弊害は、声高に論じられていないが、本来の生物の生き方とはずれているように思う。

また、地球温暖化の原因も、効率化、巨大化、グローバル化……が、結局のところ炭酸ガスの増加に拍車をかけていると思う。アマゾンの森林が破壊され、牧場となり、肉がヨーロッパに輸出される。市場のグローバル化が引き起こしたことだ。牛のげっぷには、炭酸ガスより温室効果が高いメタンが含まれ、膨大な量のメタンが大気中に放出される。炭酸ガス吸収効果がある森の消滅と相まって、温暖化は加速される。

プラスチックは便利だが、野放図《のほうず》な使用で、環境には目に見えないマイクロプラスチックが蓄積しており、いつその害が顕在化するのか不気味だ。

ここらで一度、すべての歩みを止めてみる時のような気がする。

ディズニーランド

私はディズニーランドなどの大型遊園地には、行ったことがない。理由はいろいろある。まずイメージは人がうじゃうじゃいて、何に乗るにも行列、それがいやなことだ。

五年ほど前、東京に遊びに行って、目的地への道が分からず、人混みを歩きまわり疲労困憊《こんぱい》。次の日、車を運転中一〇〇メートルほど眠って運転し、歩道のポールに衝突、危うく死ぬか、人をはねるか、車が火の海という目に遭った。

幸いどれにもならず、廃車で済んだ。私もエアバッグが飛び出し、ハンドルなどへの激突が緩和されたので、ごく軽傷だった。女房曰く、

「東京に行った翌日は車に乗らぬこと」

また、高い所が苦手で、乗れない遊具がかなりあること、料金もばかにならないし、交通費もかかることなどが行かない理由だ。

このような施設は、金が十分になければ愉快に遊べない。金持ちは、どの遊具でも気兼ねなく遊べるだろうが、貧乏人は財布とにらめっこで遊ばざるを得ない。

子供は、親の収入には何の関与もできないのに、親の収入が少ない子は、親が裕福な友

と遊びに行ったとき、肩身の狭い思いをすることになる。そこで貧乏人の子は、やはり何と言っても金が第一だとなってしまう。親が裕福な子も、「やはり金がないとだめだ」となる。子供たちが幼くして拝金主義に染まり、金のためなら何をしてもよい、という人間が生まれる可能性がある。

私はディズニーランドなどへは、自分で稼いだ金で行くべきだと思う。自由に遊べる金がなければ、それは自分の責任となり、仕事に精を出すか、節約して金を貯めて出直すかを選ばざるをえない。

今の子供たち、さらにその親さえも金がないと遊べないと感じ、買ったものでないと食べない傾向がある。しかし、自然の中で遊ぶのに、金など一円もなくても平気だ。山の中で自然薯《じねんじょ》を掘るのに必要なのは、技術と根気だ。浜でアサリを掘るのに必要なのは、どこを掘ればよいかの知識、続ける根気と体力だ。川に行けば魚、エビ、カニがいる。特にこの辺の川にもいるモクズガニは美味しい。

自然の中で遊ぶとき、金持ちの子も貧乏人の子も対等で、金のない子が卑屈になることはない。拝金主義に染まることはない。

現代の子供たちは、圧倒的に自然の中で遊ぶ機会が少ないと思う。その自然はごく身近にある自然で、テレビでよく目にする、なんとか島でのキャンプではない。なんとか島でのキャンプは金がかかり、貧乏人では無理となる。

自然の中では、自然の法則、流れ……に沿っての行動が必須だ。自然の歴史は何十億年、人類の文明は一万年にも満たない。ましてや現代の科学技術は数十年。どちらに重みがあるかは言うまでもない。

演歌（怨歌）

いささか昔の話で、五十代より若い層にはチンプンカンプンかもと思うが、年寄りの昔話に付き合ってください。

まだ中学・高校の頃、すぐ上の兄が、アメリカ音楽のランキング番組「ユアヒットパレード」をラジオで聴いていて、私も一緒になって聴いていた。エルヴィス・プレスリーやポール・アンカの最盛期で、今週は誰がトップかとワクワクしてラジオにかじりついていた。

西部劇映画も最盛期で、ゲイリー・クーパーやカーク・ダグラス、ジョン・ウェインが活躍する決闘物が大ヒットしており、その主題歌も好きだった。フランキー・レインの迫力ある歌声に痺れた。「荒野の決闘」「ＯＫ牧場の決闘」「真昼の決闘」などだ。

現在では疑問符が付きそうだが、覚悟を決めた不惜身命《ふしゃくしんみょう》の「男らしさ」に惹きつけられ、西部劇の人気は高かった。

その後私は、音楽はジャンルにこだわらず、クラシックから演歌まで、好きな曲を聴いていた。その頃の演歌には、「怨歌」とも言うべき歌がたくさんあった。「カスバの女」

「夢は夜ひらく」「星の流れに」がまさにその範疇に入ると思う。またボブ・ディランの「朝日のあたる家」や岡林信康の「手紙」などの歌にも、怨歌に近い情感がある。

昔、アメリカにポーター・ワゴナーという歌手がいた。彼ほど艶のある声は聴いたことがない。彼の、監獄や犯罪者がテーマの歌を聴いたが、やはり同類と言える。「グリーン・グリーン・グラス・オブ・ホーム」は、死刑囚が処刑の前の晩に故郷を思うという歌で、哀切極まりない。

「東京流れ者」や「網走番外地」なども、世の不条理を怨むようなニュアンスが窺える。つまり昭和の歌謡曲には、かなりの割合で、怨歌やその傾向の歌があったのだ。

最近は、あまり歌を聴かないためもあるが、「怨歌」はほとんど聞いたことがない。生きていくうえで、「なんでそうなんだ」とか、「これは違うだろう」とかの感情が湧く時がある。その時「怨歌」を聴き、口ずさむことで心の平衡を保つことができると思う。

暗いと嫌う人もいるが、誰にも怨歌を歌い、聴きたくなる時があると思う。今の若い人は、その時何を歌うのだろう。最近多い、理不尽な事件を起こす者は、怨歌を歌えば少しは気が鎮まったと思う。

私は下戸《げこ》なので分からないが、酒を飲むというのも気を鎮める一つの方法だ。河島英五の「酒と泪と男と女」の歌詞、「忘れてしまいたい事や　どうしようもない寂しさに　包まれた時に男は　酒を飲むのでしょう」にもそのことが窺える。

しかし、酒の場合は、「さめてなおます　胸の傷」ということもありそうだ。

参謀

世に有名な参謀は多い。豊臣秀吉の竹中半兵衛、黒田官兵衛は代表格と言える。この他、上杉景勝の直江兼続、石田三成の島左近、伊達政宗の片倉小十郎などもその範疇と言える。徳川家康には「徳川四天王」がいたが、とくに際立った参謀は見当たらない。

中国では、劉備玄徳《りゅうびげんとく》の諸葛孔明《しょかつこうめい》、前漢高祖 劉邦《りゅうほう》の張良《ちょうりょう》などが有名だ。

劉邦のライバル、項羽《こうう》には、亜父《あほ》（父に次ぐもの）と敬った、范増《はんぞう》という参謀がいた。劉邦が先に秦の都・長安に入ったので、項羽が怒り劉邦を攻めようとしたとき、劉邦が詫びにきたのが「鴻門之会《こうもんのかい》」だ。范増は劉邦を亡き者にするよう何度も合図を送るが、その度に邪魔が入り、劉邦は厠《かわや》に行くふりをして、自軍に逃げ帰った。范増は怒って劉邦からの贈り物の壺を剣で刺し、「豎子《じゅし》ともに謀るに足らず」「小僧っ子（項羽を指す）とは一緒に謀《はかりごと》はできない」「項王の天下を奪うのは劉邦であろう」と言った。范増は、後項羽のもとを去り亡くなる。

項羽は何度も劉邦に勝つが、最後に垓下《がいか》の戦いで「四面楚歌」に遭い絶望するが、これはいわば「やらせ」だった。范増がいれば見破っただろうし、故郷の楚《そ》へ帰る決断もあったと思う。項羽の敗因の一つが范増を失ったことだ。

秀吉が信長・信忠の死の報を受け、動揺した時、「好機が来ましたね」と、「中国大返し」を献策したのは黒田官兵衛だ。これが秀吉の天下取りに繋がった。また、秀吉の北条攻めの際、秀吉と戦うべしという伊達家中の声が多い中、片倉小十郎は秀吉に従うべしとの献策で伊達家を救っている。

このように大事を成すには名参謀が必須だ。しかし、名参謀も主君が大事を成し遂げ、敵がいなくなると、その優れた力量ゆえ、謀反を起こすのではないかと、主君は警戒し、疎んじられる。黒田官兵衛は、危ないと思って隠居した。張良も謀反の疑いをかけられるのを怖れた。句践《こうせん》の参謀・范蠡《はんれい》の言葉「狡兎《こうと》死して走狗《そうく》烹《に》らる」はそのことを物語っている。

さて、庶民の場合はどうだろう。結婚して子どもが生まれ、育てる。哺乳類は全て同じだが、親は子どもが独り立ちできるように、生きていく上で必要なことを全て教える。人の場合は、社会人として独立できるまで、としてよいと思う。独り立ちまでの過程は、昔なら主君は夫、参謀は妻という役割が暗黙の了解だった。

ちなみに、主君は物事を決める役割、参謀は献策、諫言《かんげん》をする役割だ。昔は物理的な力が非常に重要だったからだ。現在は科学技術の発達で、物理的な力のウエイトは大幅に減少した。また、男女平等ということで、主君や参謀の決まった役割分担はなさそうだが、どちらがどの役割と決まっていなくても、大体の役割は決まっていないと、常に軋轢が生まれ、余計なエネルギーを浪費することになる。

そこで、どの役割でも引き受け、深刻な軋轢が生まれないように処世するのが、離婚に至らないコツだと思う。主君、参謀どちらの価値が高いか、現在は同じだと思う。名主君でも参謀が凡人では主君は輝かないし、主君が凡人では、参謀も策を練りようがない。

子育てが終わった時、とかく役割の変更が起きがちで、それが熟年離婚の原因のひとつだ。その時意地を張らず、主君も参謀も、同じように重要だとの認識のもと、共通の話題（趣味、犬等のペット、孫たち、ボランティア、宗教……）をかすがいとして、つかず離れずの生活が熟年離婚にならない知恵と思う。私は、出来れば熟年離婚は回避する方が良いと思うので。

逆をやる

結び目を解く時、片方を引き抜き解くのが普通だ。しかし、どうにも引き抜けない時がある。その時、片方の紐のねじりを固くして、突っ込むと結び目が解ける。

このように、本来のやり方でどうにもダメな時は、逆の方法で解決するケースは多い。人を攻撃する時は、けなしたり、欠点を非難したりする方法が普通だが、昔、総理大臣に対して褒めて褒めて、結局はけなしていることになるということがあった。いわゆる「褒め殺し」だ。これも逆の方法で目的を果たしている点で同じだ。

戦国時代、敵が攻めてきた時、参謀は戦うか、戦いを避けて臣下として仕えるか、で常に迷ったと思う。この時、主《あるじ》がどんな性格かで対応が異なる。

戦うべき時、主が若くて血気盛んな場合は、戦うべしと進言するより、例えば「敵は側室の美人を狙っているので、側室を渡して和睦するのがよいでしょう」などと言う方がよい。主は猛然と戦闘意欲が湧き、「ふざけるな、ぶちのめしてやる」となる。

主が中年過ぎで、日和見《ひよりみ》な時は、諄々《じゅんじゅん》と状況を説明するのがよい。「敵は大群でも寄せ集めで、何かあれば一瞬で浮足立ちます。それに比べわが軍は忠誠心の厚い精鋭です。私にお任せ下さい。勝利してみせます」と言った方が戦いに持ち込める。

股くぐりで有名な韓信《かんしん》の逸話に、「背水の陣」がある。ちなみに韓信とは、劉邦の漢王朝発足に多大の功績があった三人の一人で、韓信は戦闘で、張良《ちょうりょう》は参謀として、簫何《しょうか》は内治の要として活躍した。韓信は、ある戦いで背水の陣を敷いた。兵法では「陣の前に川を配す」とされているので、敵将は「見ろよ、韓信は、川を背に陣を張っている。兵法を知らぬ愚か者だ。それ一気にやっつけろ」と襲い掛かった。韓信の軍は寄せ集めで、敵が少しでも優勢になれば我先にと逃げる可能性があった。しかし、背後が川では逃げることができず、必死になって戦わざるを得ない。そのため遂に勝利した。韓信は兵法の逆を行って勝利したのだった。

ただし、勢力・質が拮抗している時は、韓信とて川を前に陣を張る。漢王朝成立後、韓信は謀叛の嫌疑で殺され、「狡兎《こうと》死して走狗《そうく》烹《に》られ、飛鳥《ひちょう》尽きて良弓蔵る《りょうきゅうかく》」と言ったとされる。逆を行うのは、本来の方法では上手くいかない時だが、その見極めが肝心になる。

アユの友釣りでは、縄張りを持っている野アユのそばに、おとりアユを誘導して野アユにおとりを追わせ、おとりアユの尾の後ろにある掛け針で引っ掛ける。この時、野アユがいるポイントに、おとりアユを引っ張って入れようとすると、おとりは抵抗してなかなかポイントに入ってくれない。逆にポイントから離そうとすると、ポイントに入っていく。

今は亡きTに贈る

中学・高校の同級生に、Tという男がいた。身の丈五尺九寸（約一八〇センチ）、筋肉質、アラブ人のような顔立ち、一見強面《こわもて》だが、至って気は優しく、住所も近く私とは気が合った。

彼は一流私立大学卒で、会社に入ればそこそこの給料は稼げるはずだが、人並みの付き合いが苦手なので、一匹狼の生き方を目指した。いくつもの資格を取り、その中で給料の高い電気技師の資格で就職し、周りの雑音を気にせず自由に生きていた。

また、司法書士の資格も苦労の末取得したが、司法書士事務所での修業がいやで、資格が生きることはなかった。

社会人になって、独身時代は毎土曜のごとく、彼と飲み屋街をふらついた。私は下戸だが、彼は酒にはめっぽう強く、酔っぱらって乱れるようなことはなかった。まず居酒屋で焼き鳥を食べながら、彼は酒、私はコカ・コーラを飲み、下地を作って、飲み屋街を歩き回る。そしてふらりとバーに入るのだが、彼は入るとすぐ出ようと言う。次の店でもすぐ出ようと言う。結局彼の馴染みの女性（源氏名：ともちゃん）がいるクラブに入り、ともちゃんを指名した彼は、やっと腰を据えて飲むが、ともちゃんになにか話しかけるわけでもなく、肩に手を回すでもなく、私と話しながら飲む。ともちゃんも「なにか飲んでいい?」と言うこともなく、横で「変わった人ね」という顔で静かにしている。小一時間もすると、さあ帰ろうとなり、「俺の家に来い、クロちゃんのブルースを聞こう、クロちゃんの歌は最高だ」と言う。

薄暗い彼の部屋は、生き方を象徴する「沈積物」であふれていた。タバコの灰皿、インディアンの本、ギター、黒人が奏でるブルースのレコード盤……。私はインディアンの英雄、シッティング・ブル、クレイジー・ホース、ジェロニモなどの名もそこで知った。

後で知ったのだが、彼の母親は、博徒の大親分の娘だそうで、こんなエピソードを聞かされた。

ある時、彼がやはり高校同期の男と飲み屋街を歩いていて、チンピラにからまれ、落とし前をつけろと脅されたのだが、「分かった。日ノ出町のTまで取りに来てくれ」と言ったら、チンピラは驚き、「日ノ出町のTさんとは……。おみそれしました。勘弁してください」と、尻尾を巻いて逃げたそうだ。

そういえばTのおふくろさんは、貫禄十分だった。その頃は、家にいるときは鍵などしなかったが、彼の家は常に鍵がかかっていた。殴り込みを警戒していつも鍵をかけていたのだなと、合点がいった。

その後、私の結婚、育児で疎遠になり、時々潮干狩りのアサリを届ける程度になった。ある時、彼がおふくろさんに「ともちゃんと結婚したい」と言ったら、おふくろさんは「まだ若いのだから、子連れのホステスとの結婚は反対だ」と言ったそうで、彼はともちゃんとの結婚を諦め、結局独身を続けた。

仕事をしている間は社会との接点があったが、彼は定年で仕事を辞めると、社会との接点がなくなり、唯一の接点は病院だけになった。その頃、私はたまに彼を訪ねたりしたのだが、病気の愚痴を聞かされるばかりで、なお疎遠になった。

そして急に「Tが亡くなった」と電話がきた。

葬儀で彼の姉は「Tの友達は、水野さんと、小学校の友人Sさんだけしか知らない」と言っていた。寂しい葬式だったが、「もう少し訪ねていれば、ともちゃんと結婚していれば、違う人生が……」との悔いが残った。

その後、庭木の手入れで、Tの姉と話す機会があったが、「Tの墓に時々きれいな花が活けられているが、水野さん、心当たりありませんか」と聞かれた。

私は、ともちゃんに違いないと思ったが、「さあ」と答えるだけだった。

Tよ、お前は優しすぎたのだ。

一千万年後

地球の歴史を辿ると、いろいろな出来事があった。地球全体が氷に覆われた全球凍結や、炭酸ガス濃度が現在の三倍程度で、気温も高く、植物が爆発的に繁茂した石炭紀など。

また、地球は四十六億年の歴史で、六回の生物大絶滅を経験した。五回目は六千五百万年前、巨大隕石の衝突で、恐竜などが絶滅した時代で、それに続く六回目が一千万年前だった。

その頃、ホモ・サピエンスはいろいろな武器を手に入れたので、驕り高ぶり、やりたい放題だった。それに伴い、多くの種が絶滅していった。まだ貧弱な武器しかなかった頃でも、マンモスの絶滅に、ホモ・サピエンスが絡んでいたとの説がある。

二十世紀初めに絶滅した、北アメリカに棲息していたリョコウバトは、十八世紀頃には五十億羽もおり、史上最も数が多かった鳥とされる。先住民は、繁殖期は狩りを控えるなど、抑制的に臨んだが、ヨーロッパからの入植者は、この鳥がおいしかったので、銃や網で見境なく乱獲し、ついに絶滅した。この他にも、地球温暖化の影響で絶滅した種も多かった。

とどめを刺したのは、核大戦争だ。膨大な粉塵が大気に満ちて、太陽光は遮られ、核の冬の到来で、食料が不足し六回目の大絶滅につながった。

時は移り、一千万年後の地球。

絶滅したホモ・サピエンスと異なる知的生命体が、ホモ・サピエンスの遺跡・化石を調査している。一千万年前、地球は全面核戦争の勃発で六回目の大絶滅が起こったが、一千万年後には放射線は消え失せ、生き物も大いに栄え、まさに一千万年前と同じくらいに復活した。

調査の結果、六回目の大絶滅は、小さな国の核兵器がコンピューターのミスで発射され、それに触発されて、核超大国同士の全面核戦争に拡大したのだった。かつてもそのような事態に陥ったことがあったが、平穏な雰囲気だったので、現場はコンピューターの情報を冷静に判断して、核ミサイル発射指令を無視する行動になった。全面核戦争になった一千万年前は、地球温暖化や水不足に起因する食糧危機、未知の危険なウイルスの蔓延などで、全世界の人々は焦燥に駆られていて、コンピューターのミスを、冷静に判断できなかったのだ。

また、大絶滅に関しては、ホモ・サピエンスの宿命とも言える、二重基準（ダブルスタンダード）の影響も無視できない。

ダブルスタンダードのやっかいなところは、やっている本人が気づきにくいことだ。やられている方は、敏感に感じ取る。足を踏んだ方はすぐ忘れるが、踏まれた方はいつまでも憶えている。勝った碁はすぐ忘れるが、負けた碁は忘れないのと一緒だ。

人は、生まれるときすぐ、親のダブルスタンダードに遭う。どうしても縁の濃い子、縁の薄い子が生まれる。公平に愛情を注ぐのは、なかなか難しい。かわいい子、かわいくない子が生まれる。かわいくないと思われている子は、何かと反抗する。すると親は、ますますこの子はかわいくないね、となる。

学校に通うようになると、先生からの、いわゆる「ひいき」が問題になりがちだ。これは一生続く。趣味、嗜好、宗教、人種など、果ては生まれた場所などの素性で、肌の合う人、合わない人が生まれ、ダブルスタンダードにつながる。

塀に穴が開いていて、隣の人に「泥棒に入られそうで、直した方がよいですよ」と言われ、息子からも同じことを言われた人が、実際泥棒に入られると、「隣の奴が怪しい」となり、「息子は先見の明がある」となる。

国と国との関係でも同じことが言える。友好国のやることは、大目に見がちで、非友好国だと、厳しく当たる。厳しくやられた方は、不信感をもつ。この不信感は国民にも浸透し、お互い「あの国はけしからん」となりがちで、相手のやることは信用できないとなる。

コンピューターが、敵視している方向からミサイルがやってきていると判断すると、「やはり来たか、迎撃しなければ」となってしまうのだ。

また当時、民主主義の疲弊が進行し、多数派は少数派への配慮を怠り、国民の分断は修復が不可能になっていた。しかし、民主主義に勝る制度は生まれず、多数決が続いた。勢力が拮抗した政党が争っている状況では、ごく少数の勢力でも、どちらにつくかで勝者が決まる状況になり、政権は少数意見に迎合せざるを得なくなり、政策は歪んでいった。

さらに政治における、「情」と「理」の綱引きは、選挙での集票を考えると、「理」より「情」が優先され、行き先が危ないとわかっていても、「情」優先の政策が幅を利かした。日本では、選挙は「うちはひい爺さんの時から、○○だ」という選挙区が数十に及び、緊張感は薄れ、惰性の政治が続いた。政治に無関心な層は拡大し、政治家は「政治家であること」が目的になって、劣化していき、さらに少子化も止めようがなかった。

遺跡調査の結果、一千万年後の新知的生命体は、これらの要因で焦燥感に駆られたホモ・サピエンスが全面核戦争になり、地球史上で初めて、自滅した種と結論した。

春秋に富む子供たちのためにも、私の杞憂であることを切に望む。

輪廻転生

仏教や多くの宗教で、死後の世界や生まれ変わりが論じられている。

死んだらどうなるかは、真の意味で死んだのち生き返った人がいないので、分からないのが実態だ。

私は、科学的にはどの考え、理論も立証は難しいと思う。それ故、何でもありとも言える。また、宗教の教えは、科学的に立証する必要はないと思う。「鰯の頭も信心《しんじん》から」という言葉に表れているように、宗教は一言で言えば、信じるか信じないかの世界だ。また、教え、理論に犯罪性がない限り、他人がどうのこうの言うことはない。人は人、でよい。

仏教の教えの一つに、人は何度も何度も生まれ変わり、修行を積んで、言わば位《くらい》を上げていく、というのがある。何百回も生まれ変わる、ということもあるという。多分位の低い私のような俗人には、とてもついていけない。これにもケチをつける気は毛頭ない。

私は時々、見たことのない風景、建物を思い出すことがある。その数は十以上ある。同じ風景、建物が浮かんでくる。

なぜなのか考えると、一つは子供の頃の思い出かと思う。子供の時、深く、幅の広い川と思っていた川を、大人になって見ると、浅く狭いことに驚く。また遠いところと思っていた町が、やはり大人になって行くと、ほんのすぐそこだと驚く。このように子供時代の経験は、大人の眼には現実離れしており、経験したことのない思い出となる。

もう一つの理由は、映画とかテレビで見た風景や、本の中の風景が、断片的に記憶に取り込まれた結果だと思う。しかし、これらは前世で経験したことではないか、と思う人が出てくる。こうして生まれた考えが「生まれ変わり」(輪廻転生)だと思う。

ある有名なイラストレーターにその話をしたら、彼もまた同じように、経験したことのない風景を何度も思い出すという。このことは、私だけでなく多くの人が似た経験をしているということで、輪廻転生を思いつく素地になっている。

私にはクラゲのように海を漂っているような思い出もあり、これが前世は動物だったとの思いの素地になっている。

終活・多過ぎる不幸

終活をする人が、周りで目に付く。

友人には八十歳前後の人が多いので、そうかなと思う一方で、私はやらない。

婚活は結婚を目指す活動、就活は就職を目指す活動、それぞれ目指すところは、いわば望ましいことだ。しかし、終活の終は目指す所ではない、むしろもっと先にと願うところだ。病院通いするのも、「終＝死」を少しでも先にと思うからだ。

願ってもないのに終活をするのは、亡くなった後、周りの人が苦労しないように、との考えからだろう。しかし、そこで私は思う。

「それは本心ですか？　周りの人にそそのかされて、ではないですか？　特にマスコミに騙されてではないですか？　世間体を気にしてではないですか？　子供に褒められたいからですか？」

私がやらないのは、終活をすると思い出が詰まったものを捨て、友人とは疎遠になるからだ。

この歳になると、新たな思い出、ものを作るのは難しくなる。

家の中には、私の手作りの品が溢れている。ベランダにはジュラルミンの角棒で作ったビニールハウスがあり、そこへ登るには狭い入口をくぐるが「ヒップ一五〇センチ以上の人は入れません」。また、「男の隠れ家」と称し、花・野菜の苗を育て、おばさんグループに渡している。このところあちこち壊れていくが、なんとか修理したいと思っている。

登山も、山の中にテントを張っての渓流釣りも、スキーもほとんどできなくなっている。友人についても、新たな友人は、そう増えないと思う。現役なら、例えば転勤のたびに新顔に会い、友人もできる。新たになにか始めれば、そこでも友人ができる。

しかし、八十歳にもなれば、このような機会は少なくなる。昔からの友人、思い出の品が貴重なのだ。それらは終活だと言って処分しないでも自然と減っていく。終活などと言わなくても、ものが多すぎて、置く場所がなく、処分しなければならないし、友人の訃報がときどき来る。それが実情だと思う。

昭和の生まれで、「ものを大事にする」ことが身についた人間にとって、どんなものでも捨てるのは嫌だ。いつか役に立つときがあるのではないか、と。

私が疑問に思ったのは、もうかなり昔だが、届いた荷物の紐をどうするかで、私はほどいてまた使うのが正解と思ったが、ハサミで切って捨てるのが正解と言われた時だ。切って捨ててしまえば簡単で、手間も時間もかからないが、資源の浪費だし、指の筋肉も脳ミソも使わない。使わないものは退化する。私には、そういう方法は、どうしてもなじめない。

ちなみに私は、未だに四、五十年前の扇風機や掃除機を使っている。金が惜しいからでなく、やはり使えるのを捨てるのに抵抗があるからだ。こんな状況で終活などできるはずがない。

ただし、「余命半年のすい臓がんです」と言われたら、できる限りの終活はすると思う。私の周りには、もう十年前に終活をしたが、今もピンピンしている人がいる。こうなると、また終活のやり直しとなる。十年前とでは、状況が変わっているので、終活もやり直しが必要だ。へたすると何度も終活をするはめになる。

面倒な終活は止めて、昔馴染みと会食し、気に入ったものに囲まれ、犬はやや手がかかるので、金魚か小鳥でも飼って、野菜や花の世話をして、自然とともに生きていくのが良いと思う。

そうすれば、穏やかな「終」がやってくる。

犬　若く（二歳半）して逝った、愛犬ミミに捧《ささ》げる

私の家はパン屋だったので、ネズミが多く、昔から猫を飼っていた。犬は、次女が学校の帰り道、家の前で遊んでいた子犬をもらってきたのが最初だ。それが柴犬のミックス、ポッキーだ。

犬は初めてだったので、服従の姿勢を反抗と間違えたり、エサがいい加減だったり、いま思えば反省が多い。メスだったが、「犬の尊厳を傷つけられたら、噛め」と言っていたせいか、家族がよく噛まれた。私も奥の歯でスパッと噛まれ、歯の鋭さには驚いた。しかし、噛んだ後は反省して「すみませんでした」とばかり、小屋にすごすごと入った。

十五年して老犬になり、体力が落ちた。私が作った二階建ての外の小屋で過ごし、初めは二階に飛び上がっていたものの、そのうち二階には上がれなくなり、下で過ごした。

冬の夜は、ポリ瓶にお湯を入れて、小屋に置いた。深夜時々外で用足しして、紐が石などに引っかかり、小屋に入れなくなるとワンワン吠《ほ》えるので、下まで下りて、引っかかりをとってやったことが何度もあった。程なく亡くなったが、最後まで便は外でした。

次はスピッツのチロだ。「子はかすがい」と言うが、二人の娘は独立し、かすがいの無

くなった夫婦にとり、共通の話題は乏しくなる。その時、犬は貴重な共通の話題を提供してくれる。そんなこんなで、チロが迎えられた。

チロはおとなしく、外では決して吠えず、誰に頭をなでられてもおとなしくしていた。スピッツは昔多かったが、最近は少ないので、「スピッツですか、懐かしいですね」と言われて人気者だった。

ある時、水をがぶがぶ飲み、おしっこを大量にするので、医者に見せたら「糖尿病ですね」と言われて、毎日インシュリンを打つ生活になってしまった。二年ほどもったが、十二歳で亡くなった。またしてもかすがいがなくなった。

寂しくなって、三代目のミミがわが家に来た。白のトイプードルで、ペットショップの目立つ所に出ていた。そこは、売れ残っている犬にとって売れる最後のチャンスだ。抱いてみて、可愛いので即買った。

家に帰って分かったのだが、右後ろ足が曲がっており、三本肢で走っているのだ。また、大きくならないように（商品価値が下がるので）エサはあまり与えなかったらしく、背骨が尖《とが》り、がりがりに痩せていた。エサは何をやっても、ほとんど食べなかった。

店に行って交換してもらったらと言う人もいたが、交換すれば、ミミはへたすると処分だ。そんなことできないので、そのまま飼うことにしたが、曲がった足はかわいそうなので手術した。手術の日、ミミを置いて帰ろうとすると、ミミは私の後ろに隠れ、「いやだよう、一緒に連れて帰って」と言わんばかりだった。

小さい犬なので、手術代は五十万近くかかったが、完治して四つ足で元気にとびまわった。エサは相変わらず少ししか食べず、痩せていた。

ミミは私になつき、椅子に座っていると、すぐ飛び乗ってきた。私の言うこともよく聞いた。散歩が好きで、よく近くの公園に行った。

ある時、散歩中、それまで見られなかった、私の足に飛びつくしぐさを盛んにした。あとで考えると、

「今まで可愛がってくれて、本当にありがとう。まもなく私は逝きます」と言っていたのかもと。

散歩を終えて家に帰り、ミミを抱いて家に入り、廊下でミミが飛び出さないようにしていた、柵につまずいてつんのめって倒れた。ミミは頭を打った。すぐに顔を見ると、目を開いていたので、「ミミ、ミミ」と叫んだが反応はなく、心臓マッサージをしたがだめで、自転車でかかりつけの病院に急行したが「死後硬直が始まっている」と言われ、あきらめるしかなかった。ミミの最後の目は、

「これに懲りず、また犬を飼って可愛がってください。処分される犬を少しでも減らして」と訴えていたのだと思う。

その頃、わが家は長女が第三子を無事出産、孫が中学受験で三校全部合格と慶事が続き、

そろそろ何か悪いことが起きる予兆があったのかもと思う。それを察知したミミが、「私が身代わりになります」で、先立ったものと思っている。感謝、感謝しかない。

現在の四代目は、ミミと同じ白のトイプードル「ラブ」だ。よく食べて、力も強く元気に過ごしている。

あとがき

「昔はよかった」という言葉が、つい口に出るこの頃、年をとったためとも思うが、先行きに不安を感じていることも原因と考える。

昭和の時代、私の家も含めて余裕はなかったが、我慢して努力していれば、いずれ良くなるという確かな展望があった。現在は、地球温暖化、水資源の枯渇、不気味なマイクロプラスチック、永久凍土の溶解による新型ウイルス、民主主義の疲弊、めどが立たない少子化……、問題山積なのに展望が開けない。小学生と接する機会に感じるのは、彼等は健気で進取の心構えに満ちている。その子供達に、少しでも明るい未来を残すのは、我々大人の、特に壮年の責務だ。一層の奮起を期待せずにいられない。

現在、政府の閣僚や高級公務員は、自分の任期中に波風が起きなければよしで、抜本的な改革など誰かやってくれ、だ。事務系の同僚から「先輩のやったことは全て正しい」と聞いてあきれたが、それが公務員にとり一番の処世術のようだ。しかし、ゆでガエルにならぬうちに、跳びださねばだめだと思う。

いろいろ心配な事はあるが、タレントのT・Jの言うように、「人生いくつになってもこれからでしょう」をモットーに、今後も私らしく生きていくつもり。山上憶良《やまのうえのおくら》のうた「世間《よのなか》を憂《う》しとやさしと思へども飛び立ちかねつ鳥にしあらねば」が浮かんできた。大伴《おおとも》家持《やかもち》のうた、「わが屋戸《やど》のいささ群竹《むらたけ》吹く風の音のかそけきこの夕べかも」の心境にはなかなか到達できない。同じく山上憶良のうた、「銀《しろかね》も金《くがね》も玉も何せむにまされる宝子にしかめやも」も浮かんできた。

本書の内容は経験したことがほとんどだが、記憶だけで書いているので、誤りもあると思う。無責任ではあるが、お含みおきいただければ幸いに思う。

また、愛犬「ミミ」の話は、どうしてもなにか書き残さねばと思っていたので、ようやく「ミミ」に顔向けができそうである。ただ、書いているときは、不憫で涙滂湃《ほうはい》だった。

参考図書

『遥かなる山釣り』山本素石著　産報出版　昭和五十年（一九七五年）

心は万境に遵《したが》って転ず。
転ずる処《ところ》、実によく幽なり。
流れに遵って生を認得せば、
喜も無く亦《また》憂も無し。

著者プロフィール

水野 信義（みずの のぶよし）

昭和19年（1944年）疎開先の愛知県葉栗郡浅井村の生まれ。

田浦時代の栄光学園中・高等学校卒業（十一期）。東京大学農学部卒。

神奈川県農業試験場、園芸試験場三浦分場、園芸試験場花き科長、農業アカデミーを経て、56歳で早期退職。この間に、果樹、野菜、花、植木、および養液栽培、土壌肥料、造園も担当。

退職後、専門学校・平塚農業高校初声分校非常勤講師、県立観音崎公園副園長（現場主任）、久里浜刑務支所で園芸指導を15年弱。横須賀市の行政センターで、園芸の講座担当11回。

40年あまり、地域の子供会、保育園、小学校の園芸などの活動に協力。


フーテン！　破天荒!!　素っ頓狂!!!

2024年6月15日　初版第1刷発行

著　者　水野 信義
発行者　瓜谷 綱延
発行所　株式会社文芸社
〒160-0022　東京都新宿区新宿1－10－1
電話　03-5369-3060（代表）
03-5369-2299（販売）

印刷所　図書印刷株式会社

ISBN978-4-286-25427-2　JASRAC 出 2402547－401